聖女様に醜い神様との結婚を押し付けられました2

赤村　咲

JN110254

23400

角川ビーンズ文庫

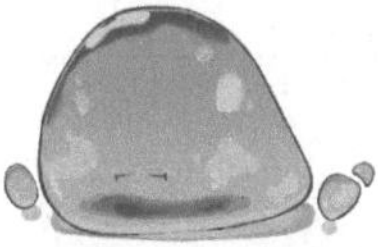

c o n t e n t s

ters

クレイル

無能神と呼ばれ、
神殿の隅に追いやられて
いるが……？

エレノア・クラディール

伯爵令嬢。
クレイル（無能神）の
代理聖女。
明るく前向きな性格で、
神様のお世話に励む。

聖女様に醜い神様との結婚を押し付けられました

人物紹介

charac

アドラシオン

神々の序列二位の戦神であり、
建国神ともよばれる。

リディアーヌ・ブランシェット

公爵令嬢。
アドラシオンの聖女。

ルフレ

神々の序列三位の光の神。

グランヴェリテ

最高神。アドラシオンの兄神。

〈神殿で暮らす聖女たち〉

アマルダ・リージュ

エレノアの幼なじみで、
男爵令嬢。
エレノアに無能神クレイル
を押し付け、最高神グラン
ヴェリテの聖女となった。

ロザリー

光の神・ルフレの聖女。

マリ・フォーレ

つむじ風の神・トゥールの聖女。

ソフィ・グレース

蔓薔薇の神・フォッセの聖女。

本文イラスト／春野薫久

元聖女ロザリーのその後

聖女であることが自慢《じまん》だった。

神々の序列第三位、光の神ルフレの聖女。

それは、神殿《しんでん》における支配者の地位だった。

序列一位、最高神グランヴェリテは聖女を選ばない。

序列二位、建国神アドラシオンの『本当の聖女』は、アドラシオンが神である限り現れない。

序列同列三位、闇《やみ》の神ソワレは、ルフレと対を成す双神《そうしん》。とはいえソワレは妹神とされており、同じ序列三位ながら慣例的にルフレの聖女の方が優先される。

ゆえに、聖女を志すものであれば、誰《だれ》もが一度はルフレに選ばれることを夢に見る。

ルフレの聖女こそは、実質的な聖女の最上位。選ばれし聖女の中でもさらに選ばれた特別な存在。

国の行く末をも左右する、聖女たちの頂点なのだ。

侯爵家令嬢《こうしゃくれいじょう》、ロザリー・シャルトー。

彼女の栄光は、ルフレに選ばれたと神託《しんたく》が下ったときに約束された。

約束されていた、はずだった。

あの二人が現れるまでは。


ロザリーは天井《てんじょう》を見つめていた。

いつからそうしていたかはわからない。気が付いたときには天井が目に映っていて、そのままずっと、見るともなしに見続けていた。

白く飾《かざ》りけのない天井に見覚えはなかった。周囲は薄暗《うすぐら》く、昼のようにも夜のようにも思われる。近くで数人が動く気配と話し声が聞こえるが、どれも聞き覚えのないものばかりだ。

背中にはやわらかな感触《かんしょく》があった。真正面に天井が見えているあたり、おそらくベッドにでも横たえられているのだろう。漏《も》れ聞こえる人々の言葉から、自分がずいぶんと長く眠《ねむ》り続けていたらしいと察せられた。

いったい、いつから眠り続けているのだろう――とは思わなかった。

ここはどこだろう。どうしてこんなところにいるのだろう。自分は今、どうなっているのだろう。そんな当たり前の疑問が、ロザリーの頭には浮《う》かばない。

ただ虚《うつ》ろな瞳《ひとみ》が、天井に揺《ゆ》れる燭台《しょくだい》の火の影《かげ》を映し続けるだけだ。

頭の中は空っぽだった。

なにを見ても、なにを聞いても、なにに触《ふ》れても、なにも思わない。

感情のなにもかもが、今のロザリーには存在しなかった。

「……」

リディアーヌのことが憎《にく》かった。腹の底から、憎かった。

あとから現れた、アドラシオンの『偽《にせ》聖女』。ロザリーより序列の高い神の聖女で、ロザリーよりも高貴なブランシェット公爵家の生まれ。ロザリーよりも魔力《まりょく》が高く、認めたくないけれど、ロザリーより容貌《ようぼう》も所作も美しかった。

そして、ロザリーと違《ちが》って神がお傍《そば》にいた。本物の聖女であるロザリーの傍にはいないのに、代用品であるあの女には。

許せなかった。認められなかった。なにをしても蹴落《けお》としてやりたかった。

あの女の地位も誇《ほこ》りも踏《ふ》みにじり、惨《みじ》めさを味わわせてやりたかった。

そうして再び、神殿の主《あるじ》に返り咲《ざ》きたかった。

「…………………」

だけど今は、その感情が見つからない。

煮《に》え立つような憎しみも、思考が焼き切れるほどの妬《ねた》みも、抱《かか》えきれない屈辱感《くつじょくかん》と劣等《れっとう》感《かん》も——。

心の奥底で忘れられていた、ルフレに相応《ふさわ》しい善《よ》き聖女でありたいという願いも。すべてがロザリーの心から消え失せていた。

……いや。

一つだけ、かすかに残っているものがある。

「…………………ルフレ様」

それは怒《いか》りや執心《しゅうしん》ではない。あるいは会いたいという具体的な欲《よく》でもない。ただなにもない彼女の心を、さざ波のように揺らすだけのもの。

だけどそれが、今の彼女のすべてだった。

空虚《くうきょ》な眠りの底から目を覚まさせる、唯一《ゆいいつ》の想いだった。

「——ロザリー・シャルトー！　目を覚ましたのか⁉」

かすれたロザリーの呟《つぶや》きを聞きつけたのか、近くにいた神官の一人が不意に驚《おどろ》きの声を上げた。

途端《とたん》に、周囲にいた人々が集まってくる。はじめから室内にいたらしき人々だけではない。廊下《ろうか》から部屋へと駆《か》け込《こ》んでくる人影《ひとかげ》も、ロザリーの視界の端《はし》に映っていた。

人々はみな、血相を変えてロザリーを取り囲む。未《いま》だ横たわったままのロザリーを見下ろし、彼らが口にするのは詰問《きつもん》めいたいくつもの問いだった。

穢《けが》れを生み出したというのは本当か。いったいなにがあったのか。なにが原因でこんなことになったのか――。

口々に投げられる疑問に、だけどロザリーが言葉を返すことはない。

視線を相変わらず天井に向けたまま、ただぼんやりと声を聞き流すだけだ。

コツン、と足音が響《ひび》いたのは、そうしてしばらく経《た》ったころだった。

廊下から部屋へ近づいてくる足音に、浴びせるような神官たちの声が止《や》む。

ざわめきが途切《とぎ》れれば、音はますます鮮明《せんめい》になる。神官たちとは違う、軽く跳《は》ねるようなその音に、なんだろう――と気を引かれたわけではない。

ただ反射のように、ロザリーは視線を天井から移動させた。

「ロザリーちゃん……！」

視線の先。目に入ったのは、部屋の入り口に立つ小柄《こがら》な少女だ。

走ってきたからだろう、亜麻色《あまいろ》の髪《かみ》が少し乱れていた。青い瞳は見開かれ、ロザリーを映して瞬《またた》く。驚きに体を竦《すく》め、胸元に両手を当てる姿は、小柄な体と相まってどこか小動物を思わせた。

人懐《ひとなつ》っこそうな顔立ちは、それなりに整ってはいるものの、はっと目を引く美貌《びぼう》とは言えない。所作は愛らしくはあるが、洗練されておらず妙《みょう》に鼻につく。

良く言えば素朴《そぼく》な――悪く言えば隙《すき》のある彼女を、ロザリーは知っている。

彼女はリディアーヌのさらにあとに現れた、ロザリーの上に立つもう一人の存在。いるはずのない最高神の聖女──アマルダ・リージュだ。

「よかった！　目を覚ましたのね、ロザリーちゃん！」

声を弾《はず》ませてそう言うと、アマルダは部屋へと足を踏み入れた。

迷わずロザリーへ駆け寄ろうとするアマルダに、慌《あわ》てたのは神官たちだ。人でごった返した部屋の中、彼らは大急ぎで体を左右に詰《つ》め、最高神の聖女のための道を作る。

窮屈《きゅうくつ》そうに身を寄せる神官たちの様子に、アマルダは足を止めた。

彼女の顔に浮かぶのは、少し困ったような、それでいて当たり前と言いたげな笑みだ。

その笑みで、アマルダは道ができて行くのを待ってから──。

目の前にいた若い神官に向け、何気なく「ありがとう」と声をかけた。

おそらく彼女にとって、その礼にたいした意味はないのだろう。

単に、彼が一番近くにいた。それだけのことでしかない。

だけどその瞬間《しゅんかん》、周囲の空気が変わったことにロザリーは気が付いた。

──あれ……。

いつの間にか、肌《はだ》が粟立《あわだ》っていた。体が勝手に震《ふる》えて、奥歯がカチカチと音を立てる。

見たいと思っているわけでもないのに、見開いた目をアマルダから逸《そ》らせなかった。

──怖《こわ》い。

その感情を、心は忘れても体は覚えている。

ロザリーは怖かった。心ではなく本能が、視線をアマルダに釘付《くぎづ》けにさせる。

いや、彼女が目を離《はな》せないのは、アマルダそのものではない。

アマルダの周囲を取り巻く、無数の『もの』。

どろりと粘《ねば》りつく、なにかだ。

——怖い、怖い、怖い……。

アマルダに微笑《ほほえ》まれた若い神官が、喜びの底で優越感《ゆうえつかん》を抱《いだ》いている。

周囲の神官たちが、若い神官へ羨望《せんぼう》と妬みを抱いている。

男たちの抱くいくつもの欲望《よくぼう》が、アマルダへと一身に向けられる。

泥《どろ》のように重く、闇《やみ》よりも暗い感情が、アマルダを中心として渦《うず》を巻く。頬《ほお》を赤らめる若い神官も、羨《うらや》ましそうに見つめる他の神官も、微笑むアマルダも、誰一人《だれひとり》として気付かないままに。

「——ロザリーちゃん」

不意にかけられた声に、ロザリーはびくりとした。

気が付けば、ベッドの傍にアマルダが立っている。ロザリーを見下ろす彼女の顔に浮かぶのは、粘つく感情とは無縁《むえん》のいたわりの表情だ。

「神官様からロザリーちゃんが目を覚ましたって聞いて、私、慌てて飛び出して来ちゃったの。ロザリーちゃんが無事でよかった。本当に、本当に心配したんだから！」

ベッド脇《わき》の椅子《いす》に腰《こし》掛けもせず、アマルダは身を乗り出してロザリーを覗《のぞ》き込む。彼女の表情は不安と安堵《あんど》にくしゃくしゃで、無邪気《むじゃき》な喜びが満ちていた。

「だって私たち、友達だったもの。大好きな親友だったもの。ロザリーちゃんが倒《たお》れたって聞いたときは不安で、なにかあったらどうしようかと……！」

そう告げるアマルダの目に、じわりと涙がにじむ。目の端《はし》からこぼれ落ちる涙を慌てて手で拭《ぬぐ》い、アマルダは気を落ち着かせるように大きく息を吸い込んだ。

そのまま胸に手を当て、涙をこらえて目を伏《ふ》せると、一度大きく深呼吸。

それからアマルダは、顔を上げた。

「……でも、ね、ロザリーちゃん。――いいえ、ロザリーさん」

その顔に、もう涙はなかった。

喜びもいたわりも、くしゃくしゃの笑みもない。

再びロザリーに向かうアマルダの顔に浮《う》かぶのは、毅然《きぜん》とした覚悟《かくご》の宿る表情だ。

「たとえ親友だったとしても、話すことはきちんと話しておかないといけないわ、ロザリーさん。私、あなたが倒れている間に、こんな話を聞いたの。ロザリーさんが穢れを生み出して、リディアーヌさんを襲《おそ》ったって。襲われたリディアーヌさんを助けたのが、ロザリーさんの神様であるはずのルフレ様だったって」

「…………あ」

喉《のど》の奥から、知らず声が漏《も》れ出ていた。

どうして声が出せたのかは、ロザリー自身にもわからない。

言いたいことがあったのかもしれない。アマルダの言葉を止めたかったのかもしれない。

ただ戸惑《とまど》いが、口から漏れただけかもしれない。

だけどそれは紛《まぎ》れもなく、アマルダの前でロザリーがはじめて発した声だった。

「私、ロザリーさんのことを信じていたわ。本当に、信じていたの。リディアーヌさんのことも、本当にいじめなんてしているのか疑問だったけれど……親友の言葉だからこそ、私は声を上げたのよ……！」

だが、アマルダにその声は届かない。

彼女はロザリーを見据《みす》えながら、ロザリーが口を動かしたことにさえ気付かずに、辛《つら》そうに唇《くちびる》を噛《か》み締《し》めるだけだ。

まるで、自分こそが傷ついているかのように。

「なのに……事実は逆だったのね」

アマルダの顔には悲壮感《ひそうかん》が浮かんでいた。肩《かた》は震え、瞳《ひとみ》は涙で潤《うる》んでいる。

それでもうつむくことなく、アマルダは小さな体で胸を張る。

「ロザリーさん、残念です。私を騙《だま》しただけではなく、穢れを生み出したこと。リディアーヌさんを傷つけようとしたこと。……自分の仕える神様を、貶《おとし》めるような真似《まね》をしたこと。いくら親友だったとはいえ、私は神殿《しんでん》を代表する最高神の聖女として、あなたを許すことができません」

凛《りん》としたアマルダの声に、部屋のあちこちから感嘆《かんたん》の声が上がった。

なんと痛ましい。親友を断罪せねばならぬお立場。その辛さを押し隠《かく》すお姿。重たい最高神の聖女の責務を全うするアマルダ様は、なんと立派なのだろう。

あれこそまさに、理想の聖女である——と。

いくつもの称賛《しょうさん》を背負い、アマルダは前を見据えていた。

悲しみをこらえる、無垢《むく》な聖女の憂《うれ》いの顔に、ロザリーは理解させられる。

——わた、しは。

なにか、勘違《かんちが》いをしていた。

ずっと、自分がアマルダを上手《うま》く利用していると、思い込んでいたのだ。

ロザリーはアマルダを利用して、リディアーヌを蹴落《けお》とすつもりだった。

アマルダはリディアーヌよりも上の立場だが、リディアーヌよりもずっと愚《おろ》かで扱《あつか》いやすい。疑うことを知らない田舎娘《いなかむすめ》は、ロザリーにとって都合のいい駒《こま》だった。

親切な顔をして近づくロザリーを、アマルダはすぐに親友と呼ぶようになった。少し褒《ほ》めれば勘違いして付け上がり、悲しい顔でリディアーヌの悪評を騙《かた》れば、それだけでアマルダの中では真実になった。

最高神の聖女として、とリディアーヌへ駆《か》け出すアマルダを見て、ロザリーは嗤《わら》ったものだ。ロザリーはこのとき、アマルダのなにもかもを思い通りにできると思っていた。

リディアーヌに憎《にく》しみを向けたロザリーだが、アマルダは憎まなかった。自分より上の立場であることを不愉快《ふゆかい》に思えども、そこまでだ。

だってアマルダ程度、ロザリーはいつだって蹴落とせる。リディアーヌがいるうちは、追い落とすためにその身分を利用してやればいい。使えるだけ使って、用が済んだら追い落とせばいい。それだけの存在でしかない。

目障《めざわ》りではあっても、アマルダに憎むほどの価値はない。ただの嘲笑《ちょうしょう》の対象。なにも知らずにロザリーに利用されるだけの、ヒロイン気取りの馬鹿《ばか》な田舎娘。

そう思っていたロザリーは、アマルダのことをなにもわかっていなかった。

「神殿から、ロザリーさんにはなにかしらの沙汰《さた》が下るでしょう。穢《けが》れの問題だけではなく、リディアーヌさんのことも含《ふく》めて、いろいろと責任があるでしょうから」

目に涙を浮かべれば、悲しいのだと、笑みを向けられれば、喜んでいると。

親友だと言われれば、それだけ信頼《しんらい》されていると単純に考えていた、ロザリーこそが愚かだったのだ。

「きっと、もう神殿で会うこともないわね。いい友達だったのに……本当に残念だわ」

アマルダはそう言うと、ロザリーの言葉をひとつとして聞こうともしないまま、最後まで親友の顔をして切り捨てた。

プロローグ◆神様と聖女と今日も一日

まばらに雪の降る、冬も盛りの冷たい日。

クラディール伯爵家《はくしゃくけ》の応接室では、絶え間なく暖炉《だんろ》に薪《まき》がくべられる。

パチパチと燃え続ける薪の音を聞きながら、私は気難しい顔でテーブルを睨《にら》みつけていた。

「――ノア。君はまだ、ドレスのデザインが決められないのか」

テーブルを挟《はさ》んだ向かい側からは、エリックのすっかり呆《あき》れた声がする。ちらりと目を向ければ、ソファに深く体を沈《しず》め、苦々しくこちらを見るエリックと視線が合った。

好青年と評判の顔に、今はうんざりとした表情が浮かぶ。眉間《みけん》には皺《しわ》が寄り、口元は歪《ゆが》められ、口から漏れるため息は絶えることがない。

見るからに退屈《たいくつ》そうなエリックの視線は、そのまま私から私の手元へと移動する。

私の手元にあるのは、つい先ほどまで私が睨みつけていた紙切れだ。テーブルに並ぶ数枚の紙に目を留めて、彼は軽く頭を振《ふ》った。

「もう一時間以上は悩《なや》んでいるぞ。なにをそんなに迷う必要があるんだ。結婚式《けっこんしき》で着るドレスなんて、どれも同じようなものだろう？」

「同じじゃないわよ」

エリックのあんまりな言い草に、私はムッとして言い返す。

紙に描《か》かれているのは、王都で評判の仕立て屋に描かせたウェディングドレスのデザイン画だ。さすがは王都で名をはせるだけあって、どれもこれも魅力《みりょく》的でそう簡単には決められない。そうでもなければ、私だって小一時間も頭を悩ませたりはしなかった。

「ほら、ちゃんと見て！　このデザインは装飾《そうしょく》を控《ひか》えてシルエットをきれいに見せているのよ。だから優雅《ゆうが》で大人っぽい印象でしょう？　こっちは逆に装飾を多くして、レースにも宝石をあしらっているの。デザイン画でも華《はな》やかだけど、実物は宝石が光ってすっごく豪華《ごうか》に見えるはず。それにこれはフリルとレースがいっぱいで、もう間違《まちが》いなくめちゃくちゃに可愛《かわい》いわ！　あとこっちは――」

「ああもう、わかったわかった」

デザイン画を指さしながら訴《うった》えれば、エリックが「参った」と首を振る。

だけど続く声は、未《いま》だ苦々しいままだ。

「でも、忘れないでくれよ。これから指輪に、花に、招待客に、人の手配にと、決めることが山ほどあるんだ。いくら結婚式まで六か月もあるからって、いちいちこれだけ悩んでいたら間に合わないぞ」

「それはわかってるけど……」

「結婚式の準備を、一緒《いっしょ》に考えたいと言ったのは君だろう。僕だって、いつも時間があるわけじゃないんだから、顔を合わせられるときにできるだけ話を進めておかないと」

エリックのもっともな言い分に、私は言い返せず口をつぐむ。

エリックはセルヴァン伯爵家の長男。王都で遊学中の放蕩《ほうとう》なクラディール家長男と違《ちが》って、まじめさを買われた期待の跡取《あとと》りだ。

まだ十八歳ながら、彼はすでに家業の一端《いったん》を担っている。父であるセルヴァン伯爵の名代として、未来の領主の顔見せを兼《か》ねて領内を駆け回る彼の日々は、息吐《つ》く暇《ひま》もないほどとは言わないまでも、なかなか大きな休みを作れない程度には忙《いそが》しい。

一方の私も、決して暇を持て余《あま》しているというわけではなかった。

長年追い求めていた聖女の夢を諦《あきら》め、実家に戻《もど》ったのは半年前。十二歳から聖女修行に明け暮れていた私は、いつの間にかすっかり世間に置いて行かれていたのである。

貴族令嬢《れいじょう》としての立《た》ち居振《いふ》る舞《ま》いも身に付け直さなければいけない。貴族社会の常識も改めて学ばなければならない。いずれ伯爵夫人になるのなら、面倒《めんどう》な社交界での付き合いから逃《のが》れるわけにもいかない。もちろん、嫁《よめ》入りするセルヴァン伯爵家のことも、ちゃんと勉強しておく必要がある。これでけっこう忙しいのだ。

そうなると、まとまった時間を二人で合わせるのは案外難しい。折を見て互《たが》いに相手の家に挨拶《あいさつ》には行くものの、こうしてゆっくり話ができるのは、せいぜい月に一、二度程度だった。

つまり今日は、貴重なエリックとの時間。

この機に話を進めてしまいたいという気持ちは、私としても重々承知している。

承知はしているのである、が。

「でも、適当に選んで後悔《こうかい》したくないのよ」

私はそう言って、未練がましくドレスのデザイン画に視線を戻す。

だって、結婚式なのだ。乙女《おとめ》の夢見る憧《あこが》れの日であり、夫婦にとってなにより特別な、最初の一歩なのだ。

時間がないからと妥協《だきょう》したくはない。あとから、『やっぱりこっちが良かった』とは思いたくない。悩ましければ、とことんまで悩みたい。

そうやって、二人で結婚式を作り上げていきたかった。

それができる夫婦に、エリックとなりたいのだ。

「一生に一度の結婚式だもの。エリックと一緒に、最高の式にしたいじゃない!」

「……ノア」

ぐっとこぶしを握《にぎ》る私に、エリックはまたため息を吐く。

しかし先ほどと違って、今度の声は少しだけやわらかい。

「君は本当に、この結婚を楽しみにしているんだな」

「もちろん！」

力強く頷《うなず》けば、エリックの顔に苦笑が浮《う》かぶ。呆れ混じりの、だけど悪い気はしないと言いたげな彼の表情に、私も笑みを返していた。

「エリック、上手《うま》くやっていきましょうね、私たち」

「ああ、そうだな」

暖炉の火がぱちりと爆《は》ぜる。外は冷たく、部屋の中は暖かい。

結婚を六か月後に控えた私たちの間には、たしかな親しみがあった。

私とエリックは、互いの親同士が決めた婚約者《こんやくしゃ》だ。互いの家のため、家の利益のためだけに結ばれた関係で、私にもエリックにも恋愛《れんあい》感情があるわけではない。

それでも、私はエリックのことが嫌《きら》いではなかった。

社交界で注目を集めるような華やかな貴公子ではないけれど、まじめで誠実な人柄《ひとがら》には好感を持っていた。同じ年頃《としごろ》の貴族令息が社交界で火遊びに夢中になる中で、仕事一筋で領地中を駆け回る姿は、立派だと感じていた。

なんだかんだ言いながらもドレス選びに付き合ってくれるエリックのことを、憎《にく》からず思っていたのだ。

今は恋心《こいごころ》がなくとも、結婚してから積み上げられる想いもあるだろう。

積み上げられたその想いは、あるいは恋ではないかもしれない。もしかしたら、男女の情は最後まで芽生えないのかもしれない。

それでも私は、妻として伯爵夫人として、きっとエリックの力になろう。恋ではなくとも愛情を持ち、お互い支え合い、認め合える夫婦になろう――。

なんて。

『ノア、僕は君にすっかり騙《だま》されていた』

今となっては、笑い話である。

『この結婚の話は白紙に戻させてもらう』


「――うあああああああああああああああああ!!」

国を守護する神々のおわす場所、神殿《しんでん》。

その神殿内にある聖女用の宿舎で、私は一人ベッドから跳《は》ね起きた。

跳ね起きついでに、さっきまで頭の下にあった枕《まくら》を力任せに壁《かべ》に放り投げる。八つ当たりで壁に叩《たた》きつけられた枕の行方《ゆくえ》を見もせずに、私は頭を抱《かか》えてうなだれた。

――さ、最悪な夢を見てしまったわ……!!

窓からは、春爛漫《はるらんまん》の朝の日が差している。

エリックとドレスで悩んだ日々は、もう四か月も前のことだ。季節はすっかり移り変わり、冬から春も半ばに差し掛《か》かっていた。

――な、なんで今さらあんな夢を……神殿に来てから、もう一か月以上経つのに……！

幼なじみの男爵令嬢《だんしやくれいじよう》、アマルダ・リージュによって、強引に『無能神』の聖女を押し付けられてから一か月と少し。そのせいでエリックに一方的に婚約破棄《こんやくはき》をされてからは、すでに半月が経とうとしていた。

その間に、思えばいろいろなことがあったものだ。エリックの婚約破棄はもちろんのこと、『無能神』の思いがけない事実に、穢《けが》れの浄化《じようか》に、他の聖女からの嫌《いや》がらせ。

慌《あわ》ただしい日々の中で、エリックのことなどすっかり埋《う》もれてしまっていただけに、不意の夢は胸に来る。思わずぐしゃりと頭を掻《か》きまわせば、ただでさえ癖《くせ》のある栗色《くりいろ》の髪《かみ》が乱れに乱れた。

「ああもう！　エリックのことなんかで頭を悩ませている場合じゃないのよ！」

いや、もちろんエリックのことは、いずれギッタギタにするつもりである。

泣いて謝るほど後悔させて、婚約破棄を撤回《てつかい》させるつもりであるが、それはそれ。

今の私は、不本意ながらも聖女の身。たとえ押し付けられた身分であろうと、相手がどんな神様であろうと、なったからには誠意を持って仕えるのが聖女というもの。

神殿にいて、仕える神様がいる以上、役目をないがしろにするわけにはいかないのだ。

ぱちんと頬《ほお》を叩くと、私は大きく息を吸い込んだ。

「さあ、今日も一日！」

押し付けられた代理聖女の、一日の始まりである。

1章◆今はまだ『無能神』

そう、エリックのことで悩《なや》んでいる暇はない。

私には現在、そんなことよりもっとずっと差し迫《せま》った悩みがあるのだ。

神々の序列最下位、『無能神』の聖女は忙しい。

なにせここは神殿。神々と、それに仕える神官と聖女が暮らす、世俗《せぞく》から離《はな》れた特殊《とくしゅ》な世界である。

神殿は神々への信仰心《しんこうしん》の満ちる場所。聖女は見返りを求めず懸命《けんめい》に神のお世話をし、神官は聖女と神々がつつがなく暮らしていけるように力を尽《つ》くすもの。

そこに、欲《よく》に塗《まみ》れた世俗の汚《けが》れは存在しない。ここは身分や権力争いから遠く離れた、平等と博愛を謳《うた》う清廉《せいれん》なる地――。

というのは大嘘《おおうそ》の、平等なんて知ったこっちゃない格差社会だ。

上位の神々ほど信仰を集め、その聖女もまた敬われる。それは世俗も同じだけれど、直接神々や聖女に接する神殿の場合、より扱《あつか》いの差があからさまだった。

最高神たるグランヴェリテ様は、神殿内に宮殿《きゅうでん》のような屋敷《やしき》を用意されていて、多くのメイドにかしずかれて暮らしているという。その一方で、序列が下位になるほど神殿での扱いは悪くなっていき、序列最下位の神ともなると聖女ともども公然と馬鹿《ばか》にされるありさまだ。

序列最下位たる『無能神』の住処《すみか》は、神殿の端《はし》も端にある粗末《そまつ》なボロ小屋である。食事はろくに与《あた》えられず、せいぜいカビたパンを投げて寄こされるだけ。薪《まき》や蠟燭《ろうそく》といった生活に必要なものさえ、手に入れることはままならない。

おかげで私はすっかり生活に追われていた。神官に頭を下げ、他の聖女に頼《たの》み込み、なんとか譲《ゆず》ってもらった少ない物資で、どうやりくりするかを考える日々である。

そのうえここ最近は、神殿で起きた事件の後始末で慌ただしかった。

光の神ルフレ様の聖女、ロザリーが穢れに変わるという大事件が起きたのは、今より半月前のこと。数人の聖女とともにその現場に居合わせた私は、穢れとなって襲《おそ》ってきたロザリーから、命からがら逃げだしていた。

無事に逃げ延《の》びることができたのは、神々の助けがあったからだ。神のお力でロザリーも人間の姿に戻り、これで事件は一件落着——とは、いかなかった。

なぜなら穢れとは、世界にはびこる『邪悪《じゃあく》』。人間が抱えきれないほどの悪意を抱えたときに生み出され、濃《こ》くなれば魔物《まもの》や災厄《さいやく》に変わるというもの。

そして、神々に愛されたこの国には存在しない——と言われていたものだからだ。

そんな穢れが現れた。それも、神に最も近いはずの神殿で、心清らかであるべき聖女が生み出したとあっては、国を揺《ゆ》るがしかねない大事件である。

どうしてこんな事件が起きたのかと、神殿は大騒《おおさわ》ぎだ。もちろん、事が事だけに表沙汰《おもてざた》にするわけにはいかず、事件の当事者全員にも他言無用との厳命が下っているけれど、それでも慌ただしい空気は神殿中に広がっていた。

私は当事者として、何度も神官たちに呼び出されて事情聴取《ちょうしゅ》を受けていた。こちらの都合もお構いなしに呼び出すくせに、特にねぎらわれることもないのが腹立たしい。

それどころか実際に穢れを見ていない神殿のお偉方《えらがた》には、穢れの出現を端《はな》から信用してもらえず、『穢れが出るなどありえん』『嘘《うそ》を吐《つ》いているに決まっている』『無能神の聖女など信じられるか』などと好き勝手に言われる始末である。

――だったら、どうして呼び出すのよ!!

と呼び出されるたびに怒《いか》り心頭。今日も正午に事情聴取が控《ひか》えていて、朝から憂鬱《ゆううつ》な気持ちである――。

なんてことは、しかし今は重要ではない。

頻繁《ひんぱん》な事情聴取のせいで『無能神』の部屋の掃除《そうじ》が滞《とどこお》っていることも、そのせいかボロ小屋の老朽化《ろうきゅうか》に拍車《はくしゃ》がかかり、雨漏《あまも》りや隙間風《すきまかぜ》がひどくなっていることも、今度は雨漏りのせいで窓枠《まどわく》の腐食《ふしょく》が進んでいることも、その修理を手紙で何度も頼んでいるのに、あの野郎《やろう》――ではなくお父様が、ろくに返事を寄越《よこ》さないことも。

この際、今はどうでもいい。

どうでもいいことなのである。


「――エレノアさん、お疲《つか》れ様です」

そんな言葉とともに、私の前にカチャンと紅茶の注がれたカップが置かれる。

場所は『無能神』もといクレイル様の住まう小屋。朝食とその片付け、および最低限の掃除を終え、ちょうど一息ついたときのことだ。

ただし、置かれた瞬間《しゅんかん》は見ていない。日々の労働と事情聴取に疲れ果て、ぐったり椅子《いす》に体を預けながら、窓の外をぼんやり眺《なが》めている間の出来事である。

――ええと……。

紅茶からは、淡《あわ》い湯気が立ち上る。

いかにも温かな紅茶の水面を見つめ、しばし沈黙《ちんもく》。

口を結んで考えるのは、この紅茶を置いたのが誰《だれ》であるかということだ。

「最近はお忙《いそが》しそうですから、今日は無理をなさらず。私の世話も結構ですので、たまにはお茶でも飲んでのんびり過ごしませんか？」

紅茶を見つめる私の背後では、穏《おだ》やかに語りかける声が響く。

この声の持ち主こそは、私の仕えるべき相手。『無能神』と呼ばれる神様だ。

神様の声は男性にしては少し高く、女性にしては低い。思わず聞きほれるほど良い声でありながら、聞いていてどうにも気の抜ける、神らしからぬぽやんとした響きがある——のは、いい。いつも通りである。

だけど、その声が聞こえる『高さ』が、いつも通りではなかった。

——頭の上から……聞こえているような………？

椅子に座る私の頭上から声が響くことは、普通《ふつう》の相手であれば別におかしなことではない。一般《いっぱん》的な成人男性はもちろん、成人女性や背の高い子どもでも、座る私より顔が上に来るだろう。

だけど神様の場合は違《ちが》う。彼に限っては、声が私より上に来ることはありえなかった。

なぜならば、彼は『無能神』。序列の低さや神としての力の弱さもさることながら、それ以上に、特徴《とくちょう》的な容姿で広く知られたお方だからだ。

世間で知られる『無能神』の姿は、一言で表せば『巨大《きょだい》な汚泥《おでい》の塊《かたまり》』だ。

背丈《せたけ》は人の腰《こし》程度。体は半ば溶《と》けたような不定形。色は黒よりもなお暗く、しかし奇妙《きみょう》な光沢《こうたく》を帯びていて、ときおりぬらりと不気味に光る。

聖女でさえも一目見ただけで逃げ出すほどの、誰もが忌《い》み嫌《きら》う醜《みにく》い神様なのである。

——今は、どうしてか少しお姿が変わったけど。

初対面のときに私が見た神様は、まさに噂《うわさ》通りの姿だった。いや、はっきり言って噂以上にひどかった。

泥《どろ》めいた体が蠢《うごめ》く姿の不気味なこと。しかも蠢くたびにねちゃりと粘着質《ねんちゃくしつ》な音を立て、悪臭《あくしゅう》を放つからたまらない。神様相手に不敬ながら、正直なところ逃げ出す聖女の気持ちもよくわかる。

それがどういうわけか、お世話をしているうちに悪臭や粘《ねば》つきがいつの間にか消えていた。体つきもすっきりして、今では『ねとねと』ではなく『ぷるん』という表現が似合う。

とはいえ、不定形の体は健在だ。たとえ『ぷるん』になったとしても、人の姿をしていないことには変わりない。つんと突《つつ》けばぷにっと揺れる、たとえるならば、焼く前のパン生地のような存在である。

大きさも、相変わらず私の腰程度。不定形ゆえに多少の変動はあるけれど、伸《の》びてもせいぜい私が見下ろせるくらいの高さだった。

――……はずなんだけど。

「…………あの」

「なんでしょう？　……ああ、砂糖がありませんでしたね！　すみません、あまりこういうのに慣れていなくて」

少し待っていてくださいね、という言葉とともに、背後で誰かが動く気配がする。

同時に響くのは、ばたばたと床《ゆか》を鳴らす音だ。古びた床を軋《きし》ませるその音は、やはりいつもの神様の立てる物音とはなにかが違う。

なにが、どこがとは言えないけれど。耳に慣れた、神様ののっそり動く音ではない気がする。どちらかと言えば、まるで……。

——二本の足で、歩いている音のような……？

「………………」

温かい紅茶のカップを両手で握《にぎ》り、私は再び沈黙する。

神様の言葉から、紅茶を淹《い》れたのは彼自身で間違《まちが》いないだろう。畏《おそ》れ多くも神様が手ずから淹れてくれた紅茶はかぐわしく、澄《す》んだ赤い水面が美しい。

目で見るだけでも、私の淹れる紅茶とはまるで違う。茶葉も浮《う》かず色も鮮《あざ》やかで、もしや私が淹れるより上手ではなかろうか、と内心でひやりとしていることはさておいて。

——紅茶のセット、使わないから棚《たな》の奥にしまっておいたはずなのに。

ボロボロの部屋に似つかわしくない豪華《ごうか》な紅茶のセットは、神殿《しんでん》でできた友人のリディアーヌから、部屋の家具と一緒《いっしょ》に送られてきたものだ。

茶器に相応《ふさわ》しい高級茶葉もあり、ありがたく受け取らせてもらったはいいものの、よく考えたらこの部屋には湯を沸《わ》かすためのかまどがない。残念だけど宝の持ち腐《ぐさ》れということで、茶器一式はまるごとしまい込まれる羽目になったのである。

……今後使う機会もなさそうだということで、神様どころか私も手の届かない、棚の一番上に。

「…………」

ついでに言うと、砂糖の置き場も棚のけっこう上の方だ。

神様の背丈に合わせて、この部屋ではよく使うものほど低い位置に置かれている。使用頻度《ひんど》が低くなるにつれ置かれる位置は高くなり、普段《ふだん》は使わないものであれば、神様の手の届かない高さまで追いやられる。

そして茶を淹れないこの部屋では、砂糖が使われることはほとんどない。

だから神様が砂糖を手に取ることは――。

「砂糖……ああ、これですね」

できないはずなのである。

――やっぱりこれ、絶対におかしいわ！

目当てのものを見つけて、ほっと声を漏《も》らす神様に、さすがの私も耐《た》え切れない。思わず椅子から腰を浮かせると、勢いよく神様に振り返った。

「神様！」

いったいなにがどうなっているのか、今日こそ――そう、『今日こそ』問いただしてやろうと意気込み、背後の神様を目に映した、まさにその瞬間。

「エレノアさん？　どうされました――わっ⁉」

棚から砂糖の瓶《びん》が転げ落ち、神様の頭の上でぽよんと跳《は》ねる。「あいた！」と小さな悲鳴を上げ、気恥《きは》ずかしそうに震《ふる》える神様に、私は続く言葉を呑《の》みこんだ。

目の前にいるのは、どこをどうとっても人ではない。

黒くてつやっとまるい、いつも通りの神様であった。


砂糖を入れたにもかかわらず、紅茶を飲むエレノアの顔は渋《しぶ》かった。

苦々しそうに彼女が見つめるのは、一口飲んだだけの紅茶のカップだ。それ以上口を付けるでもなく、手にしたカップを置くでもなく、彼女は渋面《じゅうめん》のまま動かない。

「え、エレノアさん……」

そんな彼女の横顔を見上げながら、『彼』はおそるおそる呼び掛《か》けた。

もっとも、見上げると言っても実際に目で見るわけではない。空気の流れや物音から、なんとなく様子を察することができるというだけだ。

彼には視界が存在しない。見えない、ではなく、『目』そのものが存在しないのだ。

いいや、目どころか、顔もなければ四肢《しし》もない。彼の体は、およそ人とはかけ離《はな》れた不は暗闇だった。
人の体を持たない彼の世界は暗闇《くらやみ》だけだ。視界はもちろんのこと、彼を取り巻くすべて気味なモノだ。彼は己《おのれ》が、人の忌み嫌う醜い『無能神』であることを自覚している。

おぞましい化け物として神殿の片隅《かたすみ》に追いやられてから、どれほどの月日が過ぎただろう。鬱蒼《うっそう》とした木々に囲まれ、昼でも日の差し込まない小屋の中。せめてもの情けとして与《あた》えられた家具は先に腐《くさ》り、片付ける者さえも現れない。

幾度《いくど》か選んだはずの『聖女』は、一度でもこの小屋を訪れれば良い方だ。多くは顔を見せることもないまま、他の神に選ばれたからといなくなる。

そうして、彼は小屋とともに静かに朽《く》ちていく。人々の抱《いだ》く穢《けが》れを集めながら、体を失い、記憶《きおく》を失い、いずれ暗闇の中で消え果て、悪神へと堕《お》ちる瞬間《しゅんかん》を待っていた。

そのことを、嘆《なげ》きはしない。苦しみもしない。怒《いか》りや悲しみの感情は、長い孤独《こどく》の間にとっくに擦《す》り切れていた。

今の彼に残っているのは、一切の期待のない、深い諦念《ていねん》だけである。

「もしかして、お口に合いませんでしたか……？　し、渋すぎましたか⁉　砂糖を入れても足りないくらい……⁉」

というのは、以前までの話である。

永きの諦念などなんのその。一切の期待がないどころか、喜んでくれることを大いに期待していただけに、エレノアの反応は予想外だ。どうしたことかと、醜い体もおろおろと震えてしまう。

人間であれば、きっと血の気が引いて青くなっているところだろう。彼の冷たい体もいつもより熱が引いているような気がする。

紅茶に自信があるわけではないが、淹れた茶がそう悪い出来だとは思っていなかった。それどころかまさか、一口飲んだきり動けなくなるほど不出来なものだったとは――。

「ぐ……」

ぐ？

「ぐぐぐ……美味《おい》しい……！　私が淹れるよりずっと……!!」

カップを握る手に力を込め、エレノアはいっそう顔を渋くする。ついでに少々奥歯も噛《か》んで、なんとも複雑そうにもう一口。

こくりと飲んでほっと息を吐《は》くエレノアに、彼もほっと安堵《あんど》の息を吐いた。

どうやら、彼自身が思うよりも緊張《きんちょう》していたらしい。エレノアの反応に力が抜《ぬ》けたのか、強張《こわば》った体の端《はし》がゆるんと溶《と》けていく。

「お口に合ったようでよかったです。難しい顔をしていらしたのでちょっと不安でした」

「ああ、いえ。……それは全然、別のことを考えていたからで」

対するエレノアは、少々ばつが悪そうだ。口元を歪《ゆが》め、なんだか物言いたげにこちらを見つめている、気配がする。

そのまましばらく、目のない彼でも居心地《いごこち》が悪くなるほどじっくりと眺《なが》めてから、彼女は「考えすぎかしら」と小さな声でつぶやいた。

「ええと……不安にさせてすみません。紅茶、ありがとうございます。ほっとするような優しい味で、とても美味しいです」

「いいえ。いつもエレノアさんにはお世話になっていますから、このくらい」

エレノアの綻《ほころ》ぶような笑みの気配に、彼もまた微笑《ほほえ》む——代わりに体を揺《ゆ》らす。

聖女の役目は、神の身の回りの世話をすることだ。代理とはいえ、エレノアも聖女。彼女の世話になることは、もしかしたら当然と言えるのかもしれない。

だが、長らく彼にはその『当然』が与えられなかった。

誰《だれ》にも顧《かえり》みられることなく、暗闇の底で朽ち果てるのを待つだけだった彼を、引っ張り上げたのはエレノアだ。明るく騒《さわ》がしい彼女は、彼に満ちる暗闇をすっかり払《はら》い、忘れていた諦念以外の感情を思い出させてくれた。

なにかを望み、なにかに期待することは、久しぶりだ。

誰かが己の淹《い》れた紅茶に「美味しい」と言ってくれることを、こんなに嬉《うれ》しく思えるとは思わなかった。

「お茶菓子《ちゃがし》も用意しましょう。エレノアさんは座っていてください」

はにかみがちにそう言うと、彼は再び棚へとにじり寄る。

棚の上の方に、たしかもらいものの菓子があったはずだ。普段は食べない良い菓子のため、置かれた場所はエレノアが手を伸《の》ばしてようやく届く位置。

それを何気なく取ったところで、背後から声がかけられた。

「本当に美味しい。……神様、こんな特技があったんですね」

泥《どろ》のような容貌《ようぼう》と紅茶が結びつかないのだろう。エレノアの声には、意外さと感心が入り混じる。

彼女らしい素直な反応に、彼は茶菓子を手に苦笑した。

「実は、ずっと練習していたんですよ。エレノアさんが部屋にいらっしゃらないときに、私だけでこっそりと」

自分で言うのは少し恥《は》ずかしいが、隠《かく》すようなことでもない。

彼は内緒話《ないしょばなし》でも打ち明けるような――あるいは、少しだけ自慢《じまん》をするような気持ちでエレノアに振り返り、這《は》い戻りながら白状する。

「エレノアさんを驚《おどろ》かせたかったんです。美味しいと思っていただけたなら、大成功ですね」

「私を……」

エレノアの声ににじむのは、今度はやわらかな驚きの色だった。

彼女はたしかめるようにもう一度紅茶に口を付け、それからそっとカップを置く。カチリという音は思いがけず大きく響き、思わず顔を見合わせた。

黒い体の表面に、彼女の顔が映る。照れたような、嬉しそうな、そわそわした彼女の表情を、彼は見ることができない。

だけど、ふっと笑うような吐息《といき》を聞けば、見えなくたって十分だった。

「そうなんですね。私のためにずっと、神様だけでこっそり……」

はにかんだようなエレノアの言葉がくすぐったかった。神殿《しんでん》の果ての果て。粗末《そまつ》な小屋でのほんの小さな出来事が、彼には嬉しくて仕方がない。

他の神々は、もっと良い部屋に住んでいるという。序列一位の最高神グランヴェリテなどは、大きな屋敷《やしき》をまるごと与えられ、聖女のみならず多くの使用人に囲まれながら、豪《ごう》勢《せい》な暮らしをしているのだと聞く。

そのことを、彼は羨《うらや》ましいとは思わなかった。闇《やみ》の底にいた彼にとっては、今の生活こそが望外の喜びだ。

部屋に吹《ふ》き込《こ》む春風は暖かかった。木々の揺れる音はささやかで、昼を目前にした空気はやわらかい。

不思議なほどに心地《ここち》よい時間だった。ずっと、この空気に浸《ひた》っていたかった。

こんな時間が、いつまでも続けばいい――。

「――って、おかしいでしょ⁉」

と思えども、あっさりと覆《くつがえ》すのがエレノアという人間である。

穏やかな空気を鋭《するど》い声で振《ふ》り払うと、彼女は断固として立ち上がった。

「神様だけで⁉　練習⁉　ずっと⁉」

「え、ええ、はい」

「他の誰にも手伝ってもらわないで、って！　今まで何度も茶器を出したりしまったりしていたってことですか⁉」

「ええ……そう、なりますね……」

エレノアの剣幕《けんまく》に気圧《けお》され、思わず彼は体を引く。その拍子《ひょうし》に、棚《たな》から取り上げ、頭に載《の》せていた茶菓子入りのバスケットが揺れた。

そのバスケットを、エレノアがギッと睨《にら》む。もちろん彼には見えないが、睨む勢いだけは感じ取れる。

「なんでさらっと、棚の上のお菓子を取ってるんです⁉」

「なんでと言われましても……」

勝手に取ってはいけなかったのだろうか。もしや、エレノアがこっそり食べるつもりで取っておいた菓子だったのだろうか。

思えば、この菓子も茶器も、エレノアの友人であるリディアーヌからのもらいものだ。

黙《だま》って使われては、エレノアも良い気がしなかったのかもしれない。

「神様!!」

などと思う彼の体を、エレノアが両脇《りょうわき》からむんずと摑《つか》む。

反射的に身を強張らせるも、エレノアは止まらない。戸惑《とまど》う彼へと、迷うことなく顔を寄せてくる。

「な、なんでしょうか、エレノアさん……？」

「なんでしょうもなにも！」

顔の近さにぎくりとしているのは彼だけだ。前のめりのエレノアは、距離感《きょりかん》などものともしない。もはや耐《た》え切れないと言いたげに、彼女は険《けわ》しい顔でこんなことを言った。

「神様、もしかして最近、人の姿に変わったりしていませんか!?」

言葉の意味を理解するまで、少しの間。

あまりにも突拍子《とっぴょうし》もない問いに、ぷるんと彼の黒い体が揺れた。

――……………私が、人の姿に？

神様は明らかに困惑《こんわく》していた。

体の揺れ方が『ぷるん』から『きょとん』に変わるレベルで、まったく心当たりがなさそうだった。

「ええと……？」

いかにもピンと来ていない様子で、神様は自身の体をひねる。

頭にバスケットを載せたまま、右にひねり、左にひねり。前後にも大きくひねってみせてから、彼は再び私に体を向けた。

「自分ではよくわかりませんが……なにか変わっているのでしょうか？」

「い、いいえ、今は変わっていないんですけども……！」

今は、というよりも、私が見ているときは、である。

ついでにいつからかと言われれば、ロザリーの穢《けが》れ事件以降だ。

――前々から、たまに『あれ？』って思うことはあったけど……。

この部屋で穢れに呑《の》まれかけたとき、誰かの手に摑まれたような気がしたり、ロザリーに襲《おそ》われたとき、助けてくれた神様の顔の輪郭《りんかく》が見えたような気がしたりと、以前から奇《き》妙《みょう》なことがあるにはあった。

しかしロザリーの一件以降は、奇妙なんてものではない。明らかに「あれ？」で済むレベルを超《こ》えていた。

ふと、背後に人の気配がするのは日常茶飯事。二人しかいないはずなのに、どこからか足音が聞こえてくる。聞こえないはずの高さから、神様の声が聞こえてくる。気付くと誰かに見つめられている気がする。神様しかいない部屋なのに、たびたびベッドに人が眠《ねむ》っていたらしき形跡《けいせき》がある。もはやホラーである。

そこへ来ての、今日の出来事だ。

手の届くはずのない高さに置いてある茶器で紅茶を淹れ、砂糖と菓子を手にとってのおもてなし。紅茶の淹れ方は神様だけでこっそり練習し、誰の手も借りていないという。

それが私のためだと言うのだからありがたい。ちょっと照れくさいけれど、素直に嬉しいと思っている。

しかし、それとこれとは話がまったく別なのだ。

「だって、どうやってそのバスケットを手に取ったんですか！　茶器は⁉　砂糖は⁉　神様の背だと、手が届かないはずでしょう⁉」

ここしばらくずっと抱《いだ》き続けていた疑問なだけに、問い詰《つ》める声にも力がこもる。

ついでとばかりに神様を摑む手にも力を込めれば、彼は困ったように身を強張《こわば》らせた。

「どうやってバスケットを取ったか、ですか？」

戸惑いの言葉とともに、黒い体がもちっと揺れる。いつもよりも感触が硬《かた》いのは、私の剣幕に気圧《けお》されたから——というだけでは、たぶんない。

彼自身、どうやったかわからず困惑している様子だった。

「どうやって……」

彼は思案げに呟《つぶや》いてから、目のない頭を棚の上に向けた。

それから少しだけ体に力を込め――。

ぐん、と体を伸《の》び上がらせた。

私の手の中にあった彼の体が、ぬるんと抜《ぬ》けて伸びていく。

「こうやって………？」

細く長く伸びあがり、天井《てんじょう》に頭を付けた神様が、小首を傾げる――ような仕草で私を見下ろす。

見下ろされた私は、ただ呆然《ぼうぜん》とする他ない。

天井に届いている。もちろん、棚の上部にも届く高さだ。

「………届くんですね」

「はい、やろうと思えば」

だいたいのことは、たぶん。

そう続ける神様の言葉を、私はぽかんと聞いていた。

納得できたような、できていないような気持ちで、私は再び紅茶に口を付けた。

棚に手が届くかどうかの問題は、先ほど見せた神様の伸びでひとまず決着。

茶器が手に入れば、神様ほど器用なら紅茶を淹《い》れることもできるだろう。この部屋にはかまどがない——とはいえ、暖炉《だんろ》があるので湯を沸《わ》かせないわけではない。単に、面倒《めんどう》だから私がやらないだけである。

声の聞こえる高さや人の気配も、こうなるといくらでも理由が付けられる。釈然《しゃくぜん》としないけれど、決定的な瞬間《しゅんかん》を見ていないだけに決め手に欠けていた。

「……勘違《かんちが》いだったのかしら。穢れを浄化《じょうか》した成果が出ているかと思ったのに」

なんとも言えない違和《いわ》感《かん》を紅茶と一緒《いっしょ》に呑み込んで、私は苦い顔で息を吐《は》く。

この国に穢れは存在しない。それは、『生まれない』という意味では決してないことを、私は神様の聖女となってすぐに知ることになった。

穢れが現れないのは、神々がその身に引き受けてくれているからだ。時に神さえも呑み、悪神に変えてしまうという穢れを、この国の神々はずっと受け止め続け——そして、疲弊《ひへい》してしまっていた。

姿を見せられなくなった神がいる。神殿《しんでん》を去った神もいる。力を失いながらも、まだ人間を見捨てずにいてくれる神がいる。

そして神様は、その身に穢れを受け止めすぎたために、記憶《きおく》も力も、姿さえも失ったのだという。

もっとも、希望がないわけではない。神々の穢れは、魔力《まりょく》を持つ人間が直接触《ふ》れることで浄化することができるのだ。

——聖女に魔力が必要って、そういう意味だったのね。

魔力が少ないと、神の放つ神気に耐えられない——と言われているのは、つまりは穢れの浄化に耐えられないという意味なのだろう。実際、私は何度か序列の高い神々のお姿を拝見する機会があったけれど、別に体調を崩《くず》すようなことはなかった。

とはいえ、穢れの浄化に魔力が必要なのは間違《まちが》いない。魔力の量に応じて穢れを浄化できる量も増えるわけで、やっぱり聖女の条件に高い魔力は必須《ひっす》なのである。

私の薄弱《はくじゃく》な魔力では、残念ながら浄化できるのはほんの少し。一日一回、指一本分の浄化が限界だった。

——でも、もう一か月は浄化を続けているんだし……。

さすがにそろそろ、目に見えた結果が出はじめても良いころではないだろうか。

その結果が、ふとした瞬間の神様の変化ではないか——と半ば期待していたのであるが。

「すみません、エレノアさん。なんと言ったら良いものでしょうか…………」

私の呟きに、横にいる神様が、心底——本当に心底、申し訳なさそうに口を出した。

それはもう、見ているこちらの方こそ悪い気がするほどの恐縮《きょうしゅく》っぷりで——。

「その、成果の方は少々気長にお待ちいただく方が良いかと……」

神様は正直者すぎる。

「で、ですが、確実に穢れ自体は減っていますので！　このまま続ければ、いずれは浄化も終わるはずです！　あと何年か……いえ、何百年か……すれば……」

「一生かけても終わらないじゃないですか！」

少々どころではない気の長さに、私は腰《こし》を浮《う》かせて叫《さけ》んでいた。

ついでに神様へ向けて手を伸ばしたのは、なにを隠《かく》そう八つ当たりのためである。

魔力の少なさは自覚しているが、他人に言われると腹が立つ。

こうなった以上、その柔肌《やわはだ》めいた体を揉《も》みしだかねば気が済まない――などとろくでもない思考回路で、神様へと足を踏《ふ》み出したのが悪かったのだろう。

――あっ。

大股で踏み込んだ足が、床《ゆか》の上をつるりと滑《すべ》った。

やはり八つ当たりなどするものではない、と思ったときにはもう遅《おそ》い。体は大きく前のめりに、神様へ向けて倒《たお》れて行くところだった。

「あああああああああああああ!?」

「エレノアさん――――!?」

互《たが》いの悲鳴が重なったのは一瞬《いっしゅん》。

この至近距離《きょり》。神様に避《よ》ける暇《ひま》などはない。

哀《あわ》れにも——私が言えたことではまったくないが、哀れにも神様は私に巻き込まれ、揃《そろ》って床に倒れ込むことになったのである。

「あいたた……エレノアさん、ご無事ですか？」

私の下から、苦笑いの声がする。

同時に、体の下にぷにっとしてもちっとしたやわらかな感触もある。

硬い床の感触はない。あいたた……と声の主は言うけれど、私にはなんの痛みもなかった。

「か、神様！　すみません、私……！」

その理由が、神様を下敷《したじ》きにしたからであろうことは、体の下の感触から想像がついていた。

神様を下敷きにするなどなんたること。早く起き上がらなければと、大急ぎで床に手をつき、体を持ち上げようとして——。

「ご無事ならよかったです。本当に、目を離《はな》すことができませんね」

体の下、長く伸びて私を受け止める神様が目に入った途端《とたん》、私は体を強張《こわば》らせた。

私の体は、半ば神様に埋《う》もれていた。真正面から倒れ込んだため、黒い体はちょうど目の前。怪我《けが》のないように気を使ってくれたのだろう、ほとんど全身が彼の体に包まれている。

包まれていないのは、体を起こした上半身のみ。そのぶん、神様の艶《つや》やかな黒い姿がよく見えた。

「……………エレノアさん？」

立ち上がりかけたまま動かない私へ、神様が訝《いぶか》しげに呼び掛《か》ける。

その声の振動《しんどう》が密着した体に伝わり、私は息を呑《の》み込んだ。

――近い。

驚《おどろ》くほどに、距離が近い。

これまでも、神様の体に触れることはあった。指先で突《つつ》いたり、両手で撫《な》でまわしたり。

神様を下敷きにしたこともあった。敬うべき神様相手にずいぶんなやらかしであることは、今は考えないことにして。

真正面からのこの距離は、さすがにはじめてだ。ここまで密着したこともない。

不慮《ふりょ》の事故とはいえ、こんな風に――まるで押し倒すような形になったことも、なかった。

――だから、どうってわけじゃないけど。

どうってわけじゃないけれど、なんだか妙《みょう》にギクリとしていた。

気まずさとは違《ちが》う、息詰《いきづ》まるような感覚がある。

「エレノアさん……どうされました？」

体の下で、神様が身じろぎをする。優しく――少し不安げな彼の声に、私は答えられない。ひやりと冷たい感触が、返事をすることも忘れさせていた。

「……気持ち悪かったでしょうか。すみません、とっさに受け止めてしまって」

黙《だま》りこくる私に、神様はもう一度震《ふる》えた。

それから、「すぐに離れますので」と言って、するすると体を縮めていく。

どこか逃げるようなその動きに、私はようやく我に返った。

「い、いいえ、そういうわけではなく！」

神様の言葉を否定しようと、私は慌《あわ》てて首を横に振る。

たしかにこの状況《じょうきょう》、傍《はた》から見たらかなりの異常事態だろう。不定形の体に、半ば埋もれる人間――なんて、大変失礼ながら魔物《まもの》の捕食《ほしょく》風景に見えかねない。

しかし私は、神様に捕食されているわけではない。助けてもらったのである。

気持ち悪いなんて、少しも思わなかった。

「そういうわけでは……ないのですが」

だというのに、視線は知らず神様から逸《そ》れていく。

神様と体が離れた今も強張ったまま、私は言葉を探すように視線をさまよわせた。

気持ち悪くはない、でも――。

だとしたらこれは、どういう気持ちなのだろう？

「…………」

言葉を探しあぐねて口をつぐむ私に、神様もなにも言わなかった。なんとなく見つめられているような気配を感じながら、私は神様に視線を向けられない。

部屋には奇妙《きみよう》な気まずさが満ちていた。

居心地《いごこち》の悪い静かな部屋へ、風が鳥の声を運んでくる。木々が揺《ゆ》れ、葉擦《はず》れのさやさやと囁《ささや》く音が、今はやけに大きい。遠くでは、時刻を告げる鐘《かね》の音が響《ひび》いていた。

高く、長く響くその音は、ちょうど正午を告げて――。

「…………エレノアさん」

鐘の音を横に、神様が沈黙《ちんもく》を破って重たい口を開く。いや、口はないのだけれど、重たげであることは私にもよく理解できた。

「非常に言いにくいのですが……今日は神官の方々から呼び出されていたのではないですか？　……たしか、正午に」

「…………」

鐘の音は、ちょうど正午を告げていた。

窓から見える空は青く、太陽は真南で輝いている。

神様の部屋は神殿《しんでん》の端。神官たちの働く詰《つ》め所までは遠く、全力疾走《しっそう》しても軽く一時間はかかるだろう。

上天気のうららかな春。真昼の空気は暖かく、私の顔は一気に冷たく青ざめた。

「い――――」

気まずいなんて言っていられない。明確な遅刻《ちこく》の予感に、私は勢いよく跳《は》ね起きた。

そのままテーブルに飛びついて、残っていた紅茶を一気に飲み干すと――。

「行ってきます!!」

最後にそれだけを叫び、あとは取るものもとりあえず、半ば転がるように――あるいは、逃げるように神様の部屋を飛び出した。


格差社会神殿における、序列最下位の神と聖女の扱《あつか》いは悪い。

とはいえ、神殿に来てから約一か月半。環境《かんきょう》改善のために駆《か》け回る日々の中で、多少は変わったこともある。

第一に、食事が変わった。

神とは食事を必要としないもの。『無能神』にはこれで十分だ――と食堂でカビたパン一つを投げて寄こされる日々は、もう過去のことである。

いや、相変わらず食堂で神様用の食事は用意してもらえないのだけれど、代わりに他の聖女たちから食事をわけてもらえることになったのだ。

おかげで、食生活は一気に改善。フルコースが用意される序列上位の神々に比べれば貧相でも、飢《う》えてひもじい思いをしなくなっただけ大進歩である。

第二に、他の聖女からの嫌《いや》がらせがなくなった。

清廉《せいれん》なる神殿――なんて、もはや考えるのも馬鹿《ばか》らしい。この神殿内には、聖女によるいじめも横行していた。

序列最下位の聖女は、もちろんいじめられる立場だ。陰口《かげぐち》を叩《たた》かれるわ、面と向かって馬鹿にされるわ、挙句に頭から水もかけられる。私は日々の嫌がらせに耐《た》え忍《しの》び、忍び、忍びに忍んで忍びきれず、倍にしてやり返す日々だった。

そんな陰湿《いんしつ》な聖女いじめを主導していた人物の名はロザリー。今より半月前、抱《かか》えきれない悪意によって穢《けが》れに変わった聖女である。

彼女は現在、神殿を退去していた。穢れによって心身に傷を負い、聖女を続けられなくなったとかなんとかで、穢れ事件から数日後に目を覚ましてほどなく、自ら聖女の座を退いたのだという。

いじめの主導者が去ったことで、便乗していた他の聖女たちも大人しくなった。陰口こそ完全にはなくならないものの、今ではもう直接的な嫌がらせをされることはほとんどない。

そして第三。神殿内に、仲の良い友人ができた。

たぶんこれが、私の神殿生活における一番大きな変化だろう。

ギスギスした神殿での日々も、彼女たちといるだけでずっと過ごしやすくなる。馬鹿な話をして笑うのは楽しくて、愚痴《ぐち》を吐《は》けば気持ちが軽くなる。

気の置けない彼女たちと、ただ一緒《いっしょ》にいるだけでほっと息を吐《つ》ける——。

「——エレノア、あんた本当に反省してるの？」

とも限らないから、友人というのは厄介《やっかい》だ。

親しいからこそ容赦《ようしゃ》のない友人——聖女マリの声に、私はきゅっと体を縮ませた。

「今日の呼び出し、絶対に遅刻するなって言ったわよね。今日はあの事件の場にいた聖女、全員が集まるからって。覚えてる？」

「はい……」

もちろん、しっかりと覚えている。

今日はそれぞれの話を総括《そうかつ》して考えたいとかなんとかで、穢れ事件の現場にいた聖女全員に呼び出しがかかっていたのだ。

用事で神殿外に出ていた聖女も呼び戻《もど》しての、ちょっと大掛《おおが》かりな事情聴取《ちょうしゅ》。神官側も気合を入れていて、時間厳守を厳命されていた。

――よーく覚えているわ……。

遅《おそ》くまで時間を取られるだろうから、と神様にはおひとりで食事を摂《と》ってもらうようにお願いした。部屋には友人の聖女からもらったパンやチーズの備蓄《びちく》があり、食べるものには困らない。それでも、できれば傷みそうなものから先に――と神様相手に実に貧乏《びんぼう》くさい話をしたものである。

「それで、エレノア。あなた、正午の呼び出しに自分がどれだけ遅刻したかわかってる？」

「はいぃ……」

マリとはまた別の容赦ない声――もう一人の友人、聖女ソフィの声に、私の体はさらにきゅきゅきゅっと縮こまる。

もちろん、わかっている。

神様の部屋を飛び出したあと、せめて少しでも早く呼び出しの場に駆けつけようと全力疾走した。仮にも貴族令嬢《れいじょう》であることを忘れて、息を切らして走り続けた私は、我ながらかなり頑張《がんば》ったとは思う。

しかし、神様の部屋を出た時点でそもそも正午を過ぎていたのだ。どれほど走ろうが遅刻は免《まぬか》れず、呼び出しの場についたときには神官も聖女も勢ぞろい。駆け込《こ》んできた私へ、一斉《いっせい》に向けられた冷たい視線は忘れられない。

その後は、予定通りの事情聴取に、予定外の大目玉である。しかも連帯責任ということで、一緒に呼び出された聖女たちまで巻き込まれたからたまらなかった。

とばっちりで説教を喰《く》らうはめになったマリとソフィの視線も、冷たくなるというものである。二人は私を左右から挟《はさ》み込み、じっとりとした目でねめつけていた。

「なんであたしたちが、エレノアの連帯責任で怒《おこ》られないといけないのよ。おかげで夕食も食べ損ねたわ。この時間じゃ、食堂ももう閉まってるわよ」

左からきつい目で私を見下ろす、痩《や》せた長身の少女はマリの方。

「どうしてこんなときに遅刻するかしらねえ、エレノア。しかもあの嫌味《いやみ》なネチネチ男がいるときに！」

右からじとりと見上げる、小柄《こがら》で少々ふっくらした少女はソフィの方。

そして嫌味なネチネチ男とは、本日の呼び出しの場にいた神官の一人。でっぷりとした肉厚な体と嫌味な物言い、そして説教が長いことで知られた、悪名高い人物である。

噂《うわさ》にたがわぬ説教の長さで、気が付けばすでに夜。星明かりのまばらな暗い空の下、ようやく神官たちの詰め所から解放されても、そう簡単に苛立《いらだ》ちは収まらない。

こちらを見据《みす》える二人の視線に、私は追加の説教を覚悟《かくご》した——そのときだ。

「——そこまでになさい」

二人の間に、ツンと取り澄《す》ました硬質《こうしつ》な声が割り込む。

すっかり人気《ひとけ》も絶えた夜。声は周囲の静寂《せいじゃく》を裂《さ》くほどに鋭《するど》い。私を責めていたマリたちさえも思わず振《ふ》り返る強い声に、私もはっと視線を向けた。

視線の先。マリたちから一歩離《はな》れた場所に立っているのは、とびきり美人でありながら、とびきりきつい顔立ちの少女だ。

鋭すぎるほどに鋭い目。不敵に結ばれた口元。夜に溶《と》けるような黒髪《くろかみ》は豊かで、夜風にさらりと流れていく。

その黒髪を、彼女は片手でかき上げる。優雅《ゆうが》でありながら、どこか迫力《はくりょく》のあるその仕草に、マリたちは苛立ちも忘れた様子で後ずさる。

「リディアーヌ……」

マリが呟《つぶや》いたのは、この神殿では知らぬものがないほど有名な名前だった。

神殿の序列第二位、建国神アドラシオン様の聖女にして、公爵令嬢《こうしゃくれいじょう》リディアーヌ・ブランシェット。その出自や身分もさることながら、彼女はプライドの高さと苛烈《かれつ》さで知られた人物でもあった。

そして、なにを隠《かく》そう、彼女こそは私の神殿《しんでん》でできた最初の友人なのである。

「あなたたち、いつまで無意味な話をしているの？」

ついでになにを隠そう、恐《おそ》ろしく口下手な人間でもある。

「あなたたちの話、もう神官たちからさんざん聞かされていてよ。これ以上エレノアになにか言うことがあって？　こんな夜更《よふ》けに何度も同じ話を聞くくらいなら、早く帰って眠《ねむ》った方がよほど有意義ではないかしら」

リディアーヌもまた、穢れ事件の当事者として呼び出された一人だ。

事情聴取には参加しており、その後の説教も一緒に受けた。そこでしおらしくうなだれる私の姿も、見ていてくれたのだろう。

取り澄ました態度で口にした言葉は、要約すると『もう神官から十分に絞《しぼ》られたでしょう。夜も遅いから、エレノアを責めるのはほどほどにして帰りなさい。あまり眠るのが遅くならないように』だ。彼女はマリたちを宥《なだ》めるために、割って入ってくれたのである。

だけどそれを理解できるのは、私がリディアーヌの性格を知っているからである。

「リディ、待って、その言い方は――」

まずい、と私は制止の声を上げた。

リディアーヌの言葉は、鋭すぎる彼女の美貌《びぼう》と相まって、ひどくきつい印象を与《あた》えるのだ。彼女の赤い瞳《ひとみ》に見据えられると、それだけで身が強張《こわば》る。ツンと顎《あご》を反らされたら、見下されているような心地《ここち》もする。

この見るからに高慢《こうまん》な態度が、ただのツンデレであるなど、彼女を知らない人間には知る由もなかった。

――いえ、まあ、けっこう見ていてわかりやすいけど。

今回も私をかばおうとしてくれたし、そもそもリディアーヌの身分なら説教なんて免除《めんじょ》されそうなものなのに、黙《だま》って一緒に連帯責任を負ってくれた。高飛車なのは見た目と態度と口調だけで、やっていることは案外真逆である。

しかし、この見た目と態度と口調が厄介なのだ。

「くだらない話はほどほどにして帰った方が良いのではなくって？　いつまでも馬鹿《ばか》な話ばかりしていては、そのうち足を取られてよ」

私の制止も虚《むな》しく、リディアーヌは変わらぬ調子で言葉を続ける。

これはつまり、『夜道では、あまりおしゃべりに夢中にならず、足元に注意しなさい』という意味である。

が、そんなものはマリとソフィには伝わらない。二人はリディアーヌの言葉に呆気《あっけ》にとられた様子で目を見開き——それからすぐに、反発するように顔をしかめた。

「…………そんな風に言わなくてもいいじゃない」

「たしかにあたしたちやエレノアは馬鹿だけど、言い方ってものがあるでしょう！」

さらりと馬鹿の中に私が含《ふく》まれているのはどういうことだ。

ではなく。

——マリたちがリディとまともに話をしたのって、たしかあの穢《けが》れ事件の時以来よね……。

ピリッと強張る空気に、私もまた肩《かた》を強張らせる。

思い返すのは、穢れ事件の後始末で、神官たちに事情を説明したときのことだ。

あのとき、マリとソフィはこれまでの嫌《いや》がらせを謝罪し、リディアーヌはそれを許した。

三人は和解して、なんとなくいい雰囲気《ふんいき》でまとまったはずだった。

だけどその後、おそらく三人の仲は変化していない。仲良くなる機会がなかったのだ。

その理由の一つは、穢れ事件以降、リディアーヌがほとんど神殿にいないことだろう。

『わたくし、ロザリーの代わりにしばらくアマルダ・リージュの指導役をすることになってよ』

とリディアーヌが言ったのは、事件から間もないころだった。

『最高神の聖女は外出が多いの。でも彼女、まだ聖女になってから日が浅いでしょう？　不安だから、慣れた聖女に一緒《いっしょ》にいてほしいと頼《たの》まれたのよ』

聖女は神様のお世話が役目――とは言うものの、現実的にはそうもいかない。神々の威《い》光《こう》を示すため、神殿としては聖女を定期的に人々の前に立たせなければいけないのだ。

それは祝祭だったり、国が執《と》り行う儀式《ぎしき》だったり――あるいは、貴族たちが開く盛大なパーティだったりする。

こういった人前に出る仕事は、基本的に上位の聖女の役目だ。世間としてはやはり、できれば上位の神の御利益《ごりやく》を受けたいもの。特に貴族であればなおさら、見栄を張ってなるべく位の高い聖女を呼び寄せようとする。

――リディは聖女としてパーティに参加するの、あまり好きじゃないらしいけど。

ロザリーは大好きだったのである。そして彼女はアマルダと親しく、最高神の聖女の呼ばれる場には、指導役と称《しょう》していつも一緒について行ったのだという。

そのロザリーが神殿を辞めてしまい、リディアーヌは穴《あな》埋めのために駆《か》け回る羽目になっていた。

――アマルダと一緒に行動なんて、大丈夫《だいじょうぶ》なのかしら？

リディアーヌがアマルダの指導役をすると聞いて、真っ先に私はそう思ったものだ。思っただけではなく、本人にも直接言った。そのせいで、実は一度、彼女と軽く口喧嘩《くちげんか》にもなった。

『そんなに心配しなくても、わたくし一人で平気よ。アマルダ・リージュの人となりは理解したわ。ちゃんと、上手《うま》くやっていけてよ！』

私の心配をよそに、ツンと意地を張ったように言い放つリディアーヌに、これは痛い目を見るな……と思ったことは、今は重要なことではない。

重要なのは――。

「馬鹿なことを馬鹿と言って、なにが悪くって？」

どう考えてもこちらである。

たぶんこの『馬鹿』は、『馬鹿話』の『馬鹿』であって、マリやソフィに向けたものではない。

「リディアーヌ……！」

そしてもちろん、マリたちはそのまま『馬鹿』の意味で受け取ってしまっている。

マリは怒《おこ》ったように、ソフィは傷ついたようにリディアーヌを見上げ、リディアーヌはそれを相変わらず澄ました顔で見下ろした。

そのうえ彼女は、「フン」と見るからに悪役然とした態度で息を吐《は》く。いかにも不機嫌《ふきげん》そうに寄った眉間《みけん》の皺《しわ》が、実は内心でマリたちの反応に戸惑《とまど》っているためであると、いったい誰《だれ》が思うだろうか。

「わたくしは本当のことを言っただけよ。なにか文句でも――」

「ま、まあまあまあ！」

さらに言い募《つの》ろうとするリディアーヌを、私は今度こそ強引に制止した。

どうせこれ以上リディアーヌがなにを言っても、こじれるに決まっているのだ。

「いいじゃない、この話はここらへんで！」

宥めるように言いながら、私はマリたちとリディアーヌ双方《そうほう》に顔を向ける。

別に、マリたちは悪い子ではない――というと若干の疑問があるけれど、少なくともリディアーヌは、彼女たちを悪人とは思っていない。

一方でマリとソフィも、穢れ事件のときはリディアーヌに悪い印象を持っていなかったはずだ。嫌がらせもそもそも二人の本意ではなく、ロザリーに言われてやっていたことである。

それなのに、こんなところで変に仲をこじれさせるのはあまりにも気の毒だった。もしかしたら仲良くなれるかもしれないのに、誤解で悪い印象を与えるのは見ている方も心地のよいものではない。

だからこそ私は三人のために声を上げた。

心の底から、純粋《じゅんすい》な親切心なのである。

「遅刻《ちこく》の話はもう過ぎたことなんだから！　いつまでも言っても仕方ないわよ！」

「…………」

だというのに。

一瞬《いっしゅん》にして訪れた沈黙《ちんもく》は、驚《おどろ》くほどに痛かった。三人は一斉《いっせい》に私に振《ふ》り返り、まるで珍《ちん》獣《じゅう》でも見つけたかのように瞬《まばた》く。

これでもかというほど居心地《いごこち》の悪い静寂《せいじゃく》の中、三人の目は私を映したまままみるみる見開かれていき――見開かれきったところで、全員が声を揃《そろ》えて叫《さけ》んだ。

「エレノアがそれを言う⁉」

それはもう、実に見事な三重奏だった。

先ほどまでのひりつく空気感はどこへやら。私を見据《みす》える三人には、むしろ今は連帯感さえあるように思われた。

「そもそも、あなたが遅刻したことが原因でしてよ！　わかっていて!?」

「過ぎたことって、あんたが言っていいことじゃないから！」

「やっぱり反省してないでしょう、エレノア！」

その連帯感でもって一斉に責める三人に、私は震《ふる》えながら身を竦《すく》ませる。

――よ、余計なことを言わなきゃよかったわ！

と後悔《こうかい》してももう遅《おそ》い。親切とはときに、自己犠牲《ぎせい》を伴《ともな》うものなのである。

しかも――。

「そもそもの話、あんた、どうしてこんなに遅《おく》れたわけ!?」

この話題に戻《もど》るとなると、出てきてしまうのがこの質問だ。

マリの問いに、私は竦んだ体でピシリと凍《こお》り付く。

「そういえば聞いてなかったわね。まさか、ただぼーっとしてただけとは言わないわよね？」

「遅刻の理由によっては酌量《しゃくりょう》の余地があってよ。もちろん、逆の可能性もあるけれど」

凍り付く私へ、マリに続いてソフィとリディアーヌも問い詰《つ》めるような言葉を向ける。

だけど私は、とっさに返事ができなかった。

視線は知らず、逃《に》げるように三人から逸《そ》れていた。「ええと……」と曖昧《あいまい》に口ごもりつつ、頭では言い訳を考える。

なんとか誤魔化《ごまか》せないだろうか——と思う理由は、自分でもわかっている。

——だって、どう話せばいいのよ。

思い返すのは、遅刻に至った今日の午前の出来事だ。

神様に、紅茶を淹《い》れてもらえたことはいい。人の気配がしたことや、そのときのやりとりも、この際かまわない。

なによりその後の——神様を押し倒《たお》したときのことなど、言えるはずがない。

私を問い詰める三人から、私は視線を逸らし、逸らし——。

「……エレノア。あんた、明日《あした》のおかずあげないわよ」

逸らしきれずに、観念して肩を落とした。

人間、食料難《しょくりょうなん》には勝てないのである。

「実は——」

午前中のことをかいつまんで話せば、三人はぽかんと呆《ほう》けた顔をした。

「無能神が」

「人の」

「お姿に……？」

信じられない、と言いたげな顔でつぶやくのは、マリ、ソフィ、リディアーヌ。

「変わっただとぉおおおおおおお!?」

　そして追加の一名である。

　突如《とつじょ》として割って入った声に、割り込まれた三人が驚いた。私だって驚いた。

　いったい何事か、と思うより先に、声の主が私を囲う三人をかきわける。そのままぐぐいと詰め寄る人影《ひとかげ》に、私はぎょっと目を見開いた。

　いや、『人』影ではない。目に映るのは、明らかに人ならざる美貌《びぼう》を持つ少年だ。

　夜でもまばゆい白金の髪《かみ》。切れ長の目は鋭《するど》く、ナイフのように鋭利《えいり》な印象がある。

　だけど今は、その鋭さも忘れるくらいの驚愕《きょうがく》を顔いっぱいに浮《う》かべ、彼はガシッと私の肩《かた》を摑《つか》んで揺《ゆ》さぶった。

「マジかよお前！　あのお方が元のお姿になったたって!?」

「ルフレ様!?　どうしてここに!?」

　ルフレ様、とは目の前の少年の名前だ。

　神々の序列第三位、光の神ルフレ様。彼こそは最高神グランヴェリテ様、建国神アドラシオン様に次ぐ地位を持つお方。

　この国を照らす光の象徴《しょうちょう》であり、国中から尊敬を寄せられる偉大《いだい》な神である。

　しかして、その実態はと言えば。

「アドラシオン様の命令で、リディを迎《むか》えに来たんだよ！　こんな暗い中独り歩きはさせられない、居候なんだから働け——って！」

単なるアドラシオン様の屋敷《やしき》の居候である。

——そういえばアドラシオン様、私のときもルフレ様を見送りにつけてくれたわね。

などと思い返すのは、リディアーヌに招かれてアドラシオン様の屋敷をはじめて訪ねた日のことだ。あの日も、なんやかやで帰りの遅くなった私を気遣《きづか》って、アドラシオン様はルフレ様を荷物持ち兼《けん》見送りに付けてくれていた。

建国神にして戦神。冷徹《れいてつ》で容赦《ようしゃ》がないと恐《おそ》れられるアドラシオン様は、思いのほかマメである。

一方のルフレ様は、雑用を押し付けられすぎである。序列三位の光の神なのに。

「うるせえ！　俺のことはいいんだよ！　そんな目で見るな！」

まだなにも言っていないのに、ルフレ様は断固抗議《こうぎ》するように首を振った。

それからすぐ、そんな話などしている場合ではないと言いたげに、私を掴む手にますます力を込める。

「それより、今の話は本当なのか⁉」

「い、いえ……」

ぐっと顔を寄せてくるルフレ様に、私は思わず足を引いた。

少年めいたルフレ様が相手でも、さすがにこの距離《きょり》まで近づかれるとぎくりとする。反射的にのけぞりながら、私は慌《あわ》ててルフレ様の言葉を否定した。

「ほ、本当かはわかりません！　実際に見たわけじゃなくて、そんな気がするっていうだけで！」

「…………見て……ないのか」

聞こえたのは、ぽつりとした呟《つぶや》きの声だ。

同時に、ルフレ様の顔にほっと安堵《あんど》の色が浮かぶ。

意外な反応に戸惑《とまど》ったのは、だけど一瞬のことだ。

瞬きをした次の瞬間には、彼の顔にはいつもの生意気な表情が浮かんでいた。

「な、なんだよ、神騒《さわ》がせな！　紛《まぎ》らわしいこと言いやがって、バーカ!!」

「勝手に騒いだのはルフレ様の方ですよね!?」

しかも急に割り込んできて、話を遮《さえぎ》った張本人でもある。こちらとしては『人の気配がするだけ』とちゃんと話すつもりだったのに、馬鹿《ばか》と言われる筋合いはない。

「だいたい、神様の元のお姿のことで、どうしてルフレ様がそんなに騒ぐんです」

「どうして、って」

「ルフレ様、神様の元のお姿を知っているんです？　そんなに騒ぐようなお姿なんですか？」

「それは……」

あまりの理不尽《りふじん》さに言い返せば、ルフレ様が口ごもる。

先ほどまでの勢いはどこへやら。彼は言いにくそうに口を曲げて、視線をどこへともなくさまよわせる。

さまよう視線は右を向き、左を向き。斜《なな》め下を見下ろしてから、彼はようやく小さく言葉を口にした。

「…………お前、面食いじゃないだろうな？」

「は？」

と口から令嬢らしからぬ低い声が出てしまったのは、無理もないと思う。

ルフレ様の言葉の意味を、瞬時《しゅんじ》に理解することができない。

いや言っている言葉はよくわかる。面食い。その意味も知っている。

つまりは顔。美形が好きかどうか、という質問である。

――乙女《おとめ》を捕《つか》まえて、なんたる失礼な！

とは言わない。いや、非常に失礼な問いかけではあるけれど、私はなにも言わずに口をつぐむ。

「…………」

私自身、自分のことを面食いというほど節操なしではないと思っている。人間、なによりも大切なのは中身。どんなに見た目が素晴らしくても、性格が悪ければ台無しである

――が。

――顔が良くて、悪いことはないわ。

……という内心の声を見透《みす》かしたように、ルフレ様の表情が苦々しく歪《ゆが》んでいく。

「…………………言わねー!!」

そう吐き出すや否や、彼はくるりと身を翻《ひるがえ》した。

そのまま、もう振《ふ》り返ろうともしない。彼は私に背を向けて、夜の暗闇《くらやみ》へと駆《か》けていく。

「バーカ！　ブース！　あのお方の本当の姿、見て驚《おどろ》け！」

最後に残されたのは、そんなろくでもない捨て台詞《ぜりふ》だけだ。

リディアーヌを迎えに来たと言っていたくせに、完全に職務放棄《ほうき》したルフレ様の背に、私は思わず声を張り上げた。

「はあああ!?　誰がブスよ！　……じゃなくて、それどういう意味!?」

面食いか、という質問とあわせて考えると、もしや驚くほどにものすごい――醜《みにく》いのだろうか。いいや、逆の可能性もある。見て驚けでは判断が付かない。

「気になることを言い残すんじゃないわよ！　待ちなさーい!!」

ルフレ様の消えた背に叫《さけ》び、勢い追いかけるように、私は暗闇へ足を踏《ふ》み出した。

「待って」

だが、その足は前に出なかった。

背後から、ぐっと誰かに肩を摑まれたからだ。しかも両側からである。

「今の話、気になるわね、マリ」

「ええ、ソフィ。気になるわ」

左右から聞こえたのは、好奇心《こうきしん》を隠《かく》そうともしない低い声だ。

ぎくりと顔を上げて声に目を向ければ、これもまた満面に好奇心を浮かべたマリとソフィの顔が見える。

「見に行きたいわよねえ、ソフィ。明日《あした》なら時間もあるし」

「そうね、マリ。それで今日の遅刻《ちこく》をチャラにしてもいいかもしれないわ」

「は……？」

ぽかんと呆《ほう》ける私を一瞥《いちべつ》し、二人はニヤリと悪い笑みを浮かべた。

そしてその表情のまま、当人を差し置いてどんどん予定を立てて行く。

「待ち合わせ、何時くらいにする？　朝の方がいいかしら」

「無能神の部屋って遠いでしょう？　早めの方がいいんじゃない？」

「なら、宿舎から直接エレノアを捕まえて行くのがいいわね」

「待った待った！」

危うく確定事項《じこう》になりそうな話に、私は慌てて待ったをかけた。

この二人、黙《だま》っていたら本気で押し掛《か》けてくるつもりだ！

「本人の目の前で、勝手に予定を立てるんじゃないわ！　だいたい、人の神様を勝手に見物なんて失礼でしょう！」

そう言って両手でマリとソフィを押しのけるが、二人はまるで悪びれない。互《たが》いに顔を見合わせて、肩《かた》を竦《すく》め合っている。

「でも、気になるもの、無能神の姿。挨拶《あいさつ》したら帰るから、ね」

「ちょっと様子見るだけだからいいじゃない。失礼なことはしないわよ」

満面に好奇心を浮かべた顔で言われても、説得力はまるでない。

しかもこの食い下がりようだと、下手に断れば逆効果になってしまいそうだ。

八方ふさがりの状況《じょうきょう》に、私はぐぬ、と口の中で呻《うめ》く。

一応この二人も聖女で、神々への信仰心《しんこう》は持っている。穢《けが》れ事件のこともあり、口では『無能神』と言いながら、神様へ敬意も抱《いだ》いてくれている――と思う。

だけど、いくら敬意を持っていたって、普段《ふだん》から『無能神』と呼んでいたら、うっかり口を滑《すべ》らせることもある。はっきり言って、この二人を部屋へ呼ぶのは不安しかなかった。

いったいどうすれば――と、救いを求めて周囲を見回したときだ。

――リディ？

目に入ったのは、出遅《でおく》れたように一歩離《はな》れて立つリディアーヌ。ちらりとこちらの様子を窺《うかが》い、なにか物言いたげに口を開き、結局口をつぐむ彼女が――。

こっそりと一人、足を引く瞬間だった。


誰にも気が付かれないように、リディアーヌはそっと足を引いた。

暗い夜空に明るい声。楽しそうに言葉を交わす三人を、邪魔《じゃま》する権利はリディアーヌにはない。

――そうよね。みんな、エレノアとずっと一緒《いっしょ》だものね。

神々に序列はない、とはいえ、神殿《しんでん》内で明確に上位と下位の差が付けられていることは、リディアーヌも実感している。リディアーヌはいわゆる『上位』の神の聖女。対するエレノアたち三人は、みんな『下位』に属する神の聖女だ。

上位の神の聖女は、神殿でも特別扱《あつか》い。神殿の敷地《しきち》内に屋敷《やしき》を与《あた》えられ、良い生活を与えられ、そして代わりに、神殿の顔としての仕事を与えられる。

祝祭や儀式《ぎしき》に参加するだけではない。華《はな》やかな茶会、煌《きら》びやかな夜会、貴族たちの集まる場所には、いつも聖女の姿がある。神に仕える聖女が、神官や下位の聖女を従えて、まるでどこかの姫君《ひめぎみ》かのようにふるまうのだ。

リディアーヌ自身、そういう場には積極的に参加したいと思わなかった。断れるものであれば断ってきたけれど――ロザリーが神殿を去った今は、そうはいかない。

ここ最近のリディアーヌは、ずっとロザリーの代わりに神殿の外に出て、アマルダとともに華やかな場所に立っていた。

――そのせいでエレノアと喧嘩《けんか》して。エレノアはマリたちと仲良くなっていて……。

誰かと対立することはあっても、友人と喧嘩をすることははじめてだ。言い争いになったあと、どうやって仲直りをすればいいのかが、リディアーヌにはわからなかった。

そうしているうちに、エレノアにはいつの間にか親しい友人ができていた。

――……それが、どうしたっていうの。

暗闇の中、リディアーヌは三人から一歩引いた場所で、きゅっと両手を握《にぎ》りしめる。

騒《さわ》ぎに夢中の三人が気付くはずがないとわかっていても、それ以上足は引けなかった。

意地のようにその場にとどまり、彼女はツンと顎《あご》を反らす。

――エレノアが誰と仲良くしようが、わたくしには関係ないわ。わたくしにだって、わたくしの交友関係があってよ。

エレノアがマリたちと親しくしているのと同じように、リディアーヌも神殿外でアマルダとは上手《うま》くやっている。エレノアがいなくても、別に、ずっとリディアーヌは一人でやってこられたのだ。

だから気にしてなんていない。本当は寂《さび》しいなんて、思っては——。

「——あああああ！　もう！　わかったわよ!!」

「えっ」

リディアーヌの思考を遮《さえぎ》って、誰かが強引に腕《うで》を摑《つか》んでくる。引いた足をもう一度寄せるように力を込めて引っ張られ、思わずリディアーヌは顔を上げた。

視線の先に、力んだ表情のエレノアが見える。

彼女はリディアーヌに振り向きもしない。当たり前のようにリディアーヌを捕《つか》まえて、当たり前のように傍《そば》へ引き寄せて——当たり前ではなさそうに、渋々《しぶしぶ》こう叫んだ。

「神様のお部屋に来てもいいわ！　ただし、私の言うことを聞きなさい！」

神様の部屋を訪ねるにあたって、提示した条件は三つ。

一つ目は、神様に失礼な言動をしないこと。目の前で『無能神』呼ばわりなんてもってのほかである。

二つ目は、『神様の姿が変わっているか確かめに来た』と言わないこと。実質的には見物に来たのだとしても、それを口にするのとしないのとでは大違《おおちが》いだろう。

そして三つ目は――。

「だから！　なんで！　俺を荷物持ちにするんだよ!!」

一夜明けて、神殿の朝。今日も今日とて神様の部屋へと向かう道すがら。どこかで聞いた怒《いか》りの声が、さびれた道にこだまする。

道を歩く人影《ひとかげ》は五つ。私、リディアーヌ、マリとソフィに、気の毒にも巻き込まれたルフレ様である。

それぞれの手には、大小さまざまな荷物がある。私の腕には小ぶりのバスケット。マリとソフィの手には小鍋《こなべ》が、リディアーヌの腕には、一本のワインの瓶《びん》。

そしてルフレ様が抱《かか》えるのは、見た目からしてずっしりと重そうな、大きな大きなバスケットだ。

この荷物の中身がなにかと言えば――。

「手土産《てみやげ》にしたって限度があるだろ！　なんだよ、この量！」

すっかり荷物持ちが板についたルフレ様が、なんだかんだと律儀《りちぎ》にバスケットを抱えながら、神として最後の矜持《きょうじ》を守ろうと声を張り上げた。

「朝食を差し入れるだけだったんじゃねーのかよ！　サンドイッチでこの重さっておかしいだろ!!」

というわけである。

「——リディアーヌって、こういうタイプだったのね。加減知らずっていうか、思ったよりアホっていうか、超空回《ちょうからまわ》りっていうか」

「近寄りがたいと思っていたけど、案外わたしたちと変わらないアホなのね。冷静になって見るとすごい量よ、これ。一緒に作ったわたしたちが言うのもなんだけど」

「別に空回りなんてしていなくってよ！ ……って、あ、アホ⁉ あなたたち、今、わたくしをアホって言って⁉」

「くそー、くそー、俺は神だぞ！ しかも本当は、けっこう強いんだぞ……！」

隣《となり》で嘆《なげ》くルフレ様の声は聞き流し、私は前を歩くアホ三人に目をやった。

ソフィの言う通り、この尋常《じんじょう》ではない量の手土産は、リディアーヌが張り切りすぎた結果である。

ルフレ様のバスケットにはサンドイッチ。マリとソフィの小鍋には、それぞれ別の種類のスープ。リディアーヌは見たままワインを持っていて、私のバスケットの中には、リディアーヌ得意の焼き菓子《がし》が入っている。

——とりあえず、マリたちの態度がちゃんとしていて、手土産も用意していれば、神様もご不快な思いはされない……わよね、たぶん。

昨夜のマリとソフィの様子だと、断っても押しかけてきかねなかった。それくらいなら、こちらから条件を付けて招き入れた方がまだマシである。

そこに見知ったルフレ様やリディアーヌもいれば、神様も気楽だろう。ついでに手土産を持っていって、お茶を濁《にご》そうという算段なのだ。

全員からの手土産ということで、料理は私も含《ふく》め、聖女四人――もとい、聖女三人と代理聖女一人で一緒に作ったものだ。

アドラシオン様の屋敷に集まり、朝っぱらから人の屋敷の厨房《ちゅうぼう》で大騒《おおさわ》ぎ。ああでもないこうでもないと言いながら作るうちに、山のような料理が積み上げられていた。加減知らずなリディアーヌの威力《いりょく》を、舐《な》めていたとしか言いようがない。

ちなみにルフレ様は、たまたまその場にいただけである。料理の気配に誘われてきたところを捕まって、あれよあれよという間に荷物持ちにさせられていた。

――アドラシオン様がお留守で良かったわ。うるさすぎて天罰《てんばつ》を喰《く》らっても文句は言えないもの。

いや、アドラシオン様ならむしろ、リディアーヌが客を連れてきたことを喜んだかもしれないけど。

なんにしても、おかげでリディアーヌとマリたちもだいぶ距離《きょり》が近づいたようだ。昨日に比べて親しげな三人の様子に、私は後方で「うむ」としたり顔をする。

――リディに友達が増えるのは良いことだわ。

それもこれも、すべては昨日の私の遅刻《ちこく》あってのこと。つまり三人の仲は私のおかげということで、昨日の遅刻のことは、無かったことにならないだろうか。

「――エレノア、なにか考え事をしていて?」

という不届きな考えに釘《くぎ》を刺《さ》すように、不意に横から声がかかる。

誰《だれ》かと思えばリディアーヌだ。いつの間にか、マリとソフィの会話から外れ、少し後ろを歩く私の隣に来ていたらしい。相変わらず態度こそはツンとしながらも、私に向ける視線はどことなく気遣《きづか》わしげだった。

「い、いえ、別になにも。ただ、リディとマリたち、ずいぶん仲良くなったなあと思っていただけで……」

しかし申し訳ないことに、私の頭にあったのは不届きな思考である。

遅刻をなかったことに――とは口にできず、私は誤魔化《ごまか》すように首を振《ふ》った。

それにまあ、リディアーヌたちの仲の良さを考えていたというのは、あながち嘘《うそ》とも言い切れない。前を歩くマリたちに視線を向け、私はふふんと、やはりしたり顔で笑みを浮《う》かべる。

「口は悪いけど、悪い子たちじゃないものね、あの二人。……まあ、私はあの二人に水をかけられたことを忘れるつもりはないけど」

思えばあの二人には、代理聖女就任早々、宿舎で水をかけられた。それがいつの間にか、毎日おかずをわけてくれる仲になるのだからわからないものである。

「……エレノア」

マリたちへ向かう私の横顔を窺《うかが》い見て、リディアーヌはわずかに眉間《みけん》に皺《しわ》を寄せた。どこか思案げなその表情で、少しの間。しばし無言で私を見つめてから、彼女はいかにも気難しそうなため息を吐《つ》く。

「あなた、だから昨日、わたくしたちを誘ったのね。あの二人と仲良くさせるために」

む、と私は肯定とも否定ともつかない声を漏《も》らした。

その通りだ、と胸を張れないのは、横目で見るリディアーヌの表情があまりにも険《けわ》しいからだ。

私に向かう彼女の視線は睨《にら》むようで、曲げられた口元は苦々しい。ツンと顎《あご》を持ち上げる姿は、見るからに不機嫌そうだった。

「余計なお世話でしてよ」

しかも吐き出される言葉は、態度と同じだけツンと冷たい。

いかにリディアーヌが素直ではない性格だと知っていても、さすがにムッとするくらいに。

「わたくし、あなたが誰と仲良くしていようが気にしません。要《い》らない気を回さなくても、放っておいてくれて結構よ」

「リディ、そんな言い方――」

「でも」

思わず言い返そうとリディアーヌに顔を向け、私は続く言葉を呑《の》み込んだ。

でも、と口にするリディアーヌの表情は、たしかに険しい。真正面から見た視線はいっそう鋭く、胸を張る姿はまさに高慢な令嬢そのものだ。

だけど横目で見ているときは、その頰《ほお》の色には気が付かなかった。

険しすぎる形相《ぎょうそう》とは裏腹。彼女は勇気を振り絞るように、頰を赤く染めながら――。

「……………でも、ありがとう。その、……嬉《うれ》しかった、です」

ぽつりと、消え入りそうな声でつぶやいた。

「……………」

あまりの不意打ちに、私は危うくバスケットを取り落としかけた。

返事がすぐに浮かばない。聞こえた言葉が、幻聴だったような気さえする。

素直ではないリディアーヌの、素直な言葉。

ツンデレの、デレる瞬間《しゅんかん》である。

「なによ」

ぽかんとリディアーヌを見上げる私に、彼女はキッと目を吊《つ》り上げた。

もう、頰の赤さは消えていた。私を見据《みす》えているのは、いつも通りのリディアーヌの取り澄《す》ました表情だ。

「なによ、文句でもあって!?」

「い、いいえ、別に！　――あいたっ！」

思いがけないリディアーヌの態度に呆然《ぼうぜん》としていたからだろう。責めるような彼女の声音に思わず足を引いた瞬間、前が見えていなかった私の体が、ドスンと思い切りなにかにぶつかった。

いったいなにが――と顔を上げ、私はそれが前を歩いていたはずの、マリの背中であることに気が付いた。

「ご、ごめん！　前を見てなくて！」

慌《あわ》てて謝るけれど、返事はない。どうしたのかと改めて様子を窺えば、マリの隣でソフィも立ち止まっている。

マリたちの少し先には、神様の住む小屋が見えていた。生《お》い茂《しげ》る木々に囲まれ、日当たりの悪い部屋の窓が目に入る。

「マリ？　どうしたの？」

道がわからなくなった――というわけではないだろう。もう部屋はすぐそこ。ちょうど入り口裏手の窓側だけど、回り込めばいいことはすぐわかる。

それなら、いったいなにがあったのだろうか。訝《いぶか》しむ私に、マリはギギ……と重たげに片手を持ち上げた。

彼女の指先が、小屋の窓へとまっすぐに向けられる。

「あれ、見て……」

マリの指に誘われ、私は小屋の窓へと目を凝《こ》らした。

木の枝の合間に見える、ひびの入った小さな窓。まだ朝のこの時間は日差しが入り込むため、部屋の中は割合明るく照らされている。

ひび越《こ》しに見えるのは、見慣れた室内の光景だ。もらいもののテーブルと椅子《いす》。壁際《かべぎわ》の大きな棚《たな》に、棚と反対側の壁《かべ》のベッドも、いつも通り。

だけど、その光景に紛《まぎ》れ、見慣れない影《かげ》があった。

窓の端《はし》に映るその影は、窓に走るひびに遮《さえぎ》られて大きく歪《ゆが》む。だけど歪んでいたとしても——はっきりとわかることがある。

「…………え」

口からは、それ以上の言葉が出なかった。

私の前で立ち尽《つ》くすマリとソフィ、私の隣《となり》で呆《ほう》けるリディアーヌ。その後ろで、眉《まゆ》をひそめるルフレ様。

和《なご》やかな会話は、このとき完全に止《や》んでいた。

チュン、と小鳥のさえずる声を聞きながら、たぶん全員が、同じものを見て立ち尽くしていたはずだ。

朝の日差しを受ける神様の部屋。その窓辺。

窓に映る歪んだ影は――間違いなく、横を向く『人』をかたどっていた。

窓からは木漏《こも》れ日が差し込んでいた。

鬱蒼《うっそう》とした木々に囲まれたこの部屋にも、朝の一時《いっとき》だけは光が差す。

春も半ば、上天気の暖かな朝。隙間風《すきまかぜ》さえも心地《ここち》のよい陽気だと言うのに、窓辺に立つ男の表情は険しかった。

「あの人形は、もう駄目《だめ》です」

窓の外を一瞥《いちべつ》し、男は冷たい声で吐《は》き捨てる。

遠く、木々を越えて男が見据えるのは、はるか先にある最高神グランヴェリテの屋敷《やしき》だ。

かつて聖女を選んだことのない最高神が、はじめて聖女を選んだという事実に沸《わ》き、賑《にぎ》わうその地へ男が向けるのは、明確な怒《いか》りだった。

「これ以上、長くはもたないでしょう。まやかしも魔除《まよ》けも、すでにほとんど効果を失っています。……あの場所はもとより穢《けが》れが生まれやすいですが、最近は特に空気が悪い。人形に妙《みょう》なものが引き寄せられなければ良いのですが」

だが、今の彼には男の様子が見えていない。視覚がないから、というだけではない。普段《ふだん》の彼であれば感じる気配や物音も、今はどこかぼやけていた。

「その前に、御身《おんみ》のお姿を取り戻《もど》せれば良かったのですが……。クラディールはよくやっていますが、なにしろ魔力が少なすぎる。一生かけても、御身の指先一本分の穢れを浄化《じょうか》できるかどうか」

男の動く気配がする。窓辺から離《はな》れたのか、足音が聞こえる。

その足音を他人事《ひとごと》のように聞きながら、彼は「ああ」と曖昧《あいまい》な相槌《あいづち》を打った。

話の内容は頭に入っていない。ただ断片的に、『姿を取り戻す』『クラディール』という言葉が意識に引っ掛《か》かる。

クラディールとはエレノアのことだ。己《おのれ》の姿と聞いて、思い返すのは昨日の出来事である。

昨日、彼は足を滑《すべ》らせたエレノアを受け止めた。それだけならば、特段気にとめることではない。以前にも何度か、似たようなことをしたことがある。

だけど以前と違《ちが》うのは、エレノアの反応だった。

——気持ち悪かっただろうか。

彼の体を下敷《したじ》きにして、エレノアは凍《こお》り付いたように動かなかった。あのとき、あの瞬間のエレノアがどんな顔で彼を見下ろしていたのかを、彼は見ることができない。

だけど、見えなくても良かったのかもしれないと思う。ひどく強張り、気まずそうに目を伏《ふ》せる彼女の気配は、感じ取れてしまっていたのだから。

『そういうわけでは……ないのですが』

気持ち悪いか、と尋《たず》ねた彼への、エレノアの返事は曖昧《あいまい》だった。

そういうわけではないなら——なら、の先を考えてしまう。

「…………」

窓から淡《あわ》い緑の光が差す。窓硝子《まどガラス》に走る亀裂《きれつ》が光を歪ませ、部屋に奇妙《きみょう》な影を描《えが》いていた。

ぐるりとして取り留めのないその影は、どことなく今の彼の思考と似ている。

「今も、御身のお心に変わりはありませんか？　神殿《しんでん》の不敬者どもに罰《ばつ》を与《あた》え、過ちに気付かせるおつもりは——」

「ああ」

「……御身？」

空返事に気が付いたのか、男が訝《いぶか》しげに呼び掛けた。

「どうされましたか？　なにか、考え事をしておいでで？」

その言葉に、はっと我に返る。思わずぷるんと身じろぎをすれば、ようやく周囲の状《じょう》況《きょう》が鮮明《せんめい》になった。

「すまない、少しぼんやりとしていた」

ばつの悪さに身を震《ふる》わせながら、彼は男へと声を投げる。

男の気配は少し遠い。窓辺から離れていたのだろう。どうやら先ほどまで背を向けていたらしく、今は首だけで彼に振《ふ》り返っているらしかった。

こちらを見る男の顔は見えないが、端整《たんせい》であることは知っている。やわらかさのない硬《こう》質《しつ》な美貌《びぼう》は、畏《おそ》れと憧《あこが》れを同時に抱《いだ》かせるものだ。

人間の娘《むすめ》であれば、なおさらだろう。

「……エレノアさんも」

そこまで考えたときには、彼は言葉を漏《も》らしていた。

「やはり、お前のように美しい男を好むのだろうな」

「…………」

己の言葉に、男が――アドラシオンが息を呑《の》む気配がする。次いで、驚《おどろ》きと戸惑《とまど》いの気配がするが、そのことを気に留める前に彼の思考は再び沈《しず》んでいく。

アドラシオンは、彼が知る中で最も美しい男だ。顔立ちのみならず、鍛《きた》えられた戦士としての肉体もまた美しい。戦神として剣《けん》を振るう姿は、蹂躙《じゅうりん》される敵対者ですら見惚《みと》れるほどだった。

あるいはルフレであれば、未成熟な危うさが魅力《みりょく》だろう。少年と青年のあわいにある、触《ふ》れれば砕《くだ》けそうな繊細《せんさい》な鋭《するど》さは、他の神には持ちえないものだった。

――だが、私は……。

美貌とはかけ離れた醜《みにく》い存在だ。

仮に元の姿を取り戻せたとしても、今がこれほど醜くて、果たして彼らに並び立つ容姿を得られるだろうか。

あるいはもしや、元の姿などないのかもしれない。すべての穢れを消し去ったあとに残るのは、なんら変わりない醜い己の姿ということも、考えられない話ではなかった。

美しい神々を知るエレノアは、そのときどう思うだろうか。

『イケメンではないか？』と尋ねてきたくらいだ。きっと期待するのは、端整な容姿であるだろう。

ならば――。

――がっかりさせてしまうだろうか。

「御身……」

アドラシオンの呼びかけに、思考に埋《う》もれる彼は気が付かない。アドラシオンが信じられないと言いたげに息を吞み、目を見開き、わななくようにかすかに震えていることにも。

「御身、もしや私の姿を思い出されて……いえ、今のお言葉は………？」

独り言めいたアドラシオンの声は、誰《だれ》に届くこともない。

彼の思考は渦《うず》の中。ひびの入った硝子《ガラス》越《ご》しの、歪《ゆが》んだ木漏れ日とともに掻《か》き回される。

答えのない問いは、頭を巡《めぐ》っては泡沫《うたかた》のように消えていくばかり。あまりに無益で、あまりに馬鹿馬鹿《ばかばか》しく、だけど逃《のが》れることができない。

ああ、と半ば呻《うめ》くようなため息が、無意識にこぼれ落ちる。

エレノアは彼に感情を思い出させてくれた。

ならばこの感情は、いったいなんなのだろう。

本当にこれは、『思い出した』感情なのだろうか。

泥沼《どろぬま》めいた思考は、粘《ねば》りつくようだ。囚《とら》われるように、彼の心を沈ませて――。

「――か、か、かかかか神様！　神様⁉」

――……うん。

こういうときは、たいていエレノア自身によって引っ張り上げられるのである。

「い、今！　神様！　窓に人影《ひとかげ》が！　もしかして人の姿になって……！」

朝の静寂《せいじゃく》も奇妙な思考も踏《ふ》みにじり、ドタバタと喜劇的な足音で駆《か》け込《こ》んできたエレノアは、しかし部屋を見た途端《とたん》に勢いを失った。

彼女の視線が向かうのは、仕える神たる己――ではない。己を気遣《きづか》い、ときどき顔を見せに来る親切な神、アドラシオンの方である。

「…………アドラシオン様？」

ぽかんと気の抜《ぬ》けた声の後ろでは、さらに数人の人間と、一柱の神の気配。

それから、やけにかぐわしい、焼き立てのパンの香《かお》りがした。

つまり――。

「あの影はアドラシオン様だったんですね……！」

窓辺に人の影を見て、大勢でどやどやと駆け込んだのは数刻前。

まさか本当に、神様が人の姿に――!? などと考えていられたのは、ほんの束《つか》の間のことだった。

扉《とびら》を開けた先。私たちが見たのは、部屋で話し合う神様とアドラシオン様のお姿である。

朝の光に照らされる神様は、もちろん黒くてぷるんとしていた。窓を挟《はさ》んで神様に向き合っていたアドラシオン様は、相も変わらず身が竦《すく》むほどの威圧感《いあっかん》で、入り口へ詰《つ》めかける私たちへと振り返る。

そのまま、顔を見合わせて少しの間。

凍るような一瞬《いっしゅん》の沈黙《ちんもく》ののち、私たちは全員が、窓辺で見た人の影の正体を理解したのである。

その後は、手土産《てみやげ》に持ってきたサンドイッチでの騒《さわ》がしい朝食会だ。

『せっかくですから、皆《みな》さんで食べて行きませんか？』

とは、五人がかりで運び込まれた山のような料理を見て、神様がおののきながら言った言葉だ。

どう考えても、私と神様だけでは食べきれない量。だけど捨てるにも忍《しの》びない。どうにか食べて行ってもらえないかと期待を込めた神様の提案に、マリとソフィはためらいがちだった。目の前に揃《そろ》う三柱の神々に、さすがに気が引けたのだろう。

――いえ、たぶん気が引けたのはアドラシオン様がいるからね。

温和な神様や気さくなルフレ様とは違い、アドラシオン様は雰囲気《ふんいき》からして恐《おそ》ろしい。冷徹《れいてつ》で容赦《ようしゃ》のない戦神としても知られる彼のこと、なにか粗相《そそう》をしたら、すぐに首が飛ぶのでは――とでも思ったのかもしれない。

そんな二人を横目に、しかし最初《さいしょ》にサンドイッチを手に取ったのは意外にもアドラシオン様だった。無表情にも見える凍える美貌で、淡々《たんたん》とサンドイッチを口にしてから、彼はリディアーヌに向けてほんのわずかに目を細めたのだ。

『友人が増えたのだな』

そう言って、嬉《うれ》しそうな顔をしたのは、しかし一瞬だけである。

『か、勝手に友人扱いなさらないで！　わたくしたちはまだ、ちょっと一緒《いっしょ》に料理をしただけで……！』

ちょっと、とは。

テーブルに盛られたサンドイッチの山を前にしてのリディアーヌの発言に、全員揃って
一瞬の沈黙。のち、呆《あき》れた目を向ける私、ルフレ様、マリ、ソフィ。しょんぼりとするア
ドラシオン様。神様までもが胡乱《うろん》そうに震える事態に、リディアーヌの顔が真っ赤に染まっていき――。

あとはもう、しっちゃかめっちゃかである。マリとソフィの遠慮《えんりょ》も抜け、狭《せま》い部屋はかつてないほどの大騒《おおさわ》ぎであった。

そして現在。その全員が去った神様の部屋。

ぽっかりと気が抜けたような部屋の椅子《いす》に腰《こし》かけ、私は改めて頭を抱《かか》えていた。

「すみません神様、みんなで大騒ぎして。アドラシオン様のお話も邪魔《じゃま》してしまいました……」

「いいんですよ。話はいつでもできます。彼も気にしてはいないでしょう」

テーブルを挟んで向かい側。同じく椅子に体を預けていた神様が、首を振るように体を

左右に揺《ゆ》らす。

「でも、驚きました。あんなに大勢で、私の姿を確かめに来たなんて」

「うう……すみません……」

マリたちに突《つ》き付けた条件は、結局あまり意味をなさなかった。

窓辺に人の姿を見たからと、大慌《おおあわ》てで部屋に飛び込んでしまっては言い訳のしようもない。私は結局、マリたちを連れてきた理由をすっかり神様に白状してしまっていた。

そのことを、だけど神様は怒《おこ》らなかった。

「謝らないでください、エレノアさん。私も楽しかったですから。たまには賑《にぎ》やかなのもいいものですね」

言いながらも、神様はくすくすと思い出すように笑う。私を気遣ってではなく、たぶん本当に、今朝のことを楽しんでくれていたのだろう。

そのことにはほっとするけれど、やっぱり落ち込むのは止められない。

「期待に応《こた》えられなかったのは申し訳なかったですけれど。マリさんやソフィさんを、がっかりさせてしまったのではないでしょうか」

「い、いえ！　それはあの二人が勝手に期待しただけで……！」

しかし、期待を煽《あお》るようなことを二人に漏《も》らしたのは私である。つまりは二人の期待も、もとをただすと私が原因ということだ。

ぐ、と私は自分の言葉に自分で喉《のど》を詰まらせた。ますます顔を上げられない私に、神様がまた少し笑う。

穏《おだ》やかに、だけど楽しそうに、ひとしきり笑って——それから。

「……エレノアさんも」

それから彼は、笑みを含《ふく》んだ声で言った。

「期待していましたか?」

「え」

反射的に、下を向いていた顔が持ち上がる。

ぽかんと呆《ほう》ける私の前で、神様は笑みと同じくらいに静かに揺れていた。

「エレノアさんも、やっぱり私が人と同じ形をしている方が良かったですか?」

神様が怒っているわけではないことは、声を聞けばわかる。困ったり、気を悪くしたりしているわけではないのも、彼の雰囲気から感じ取れる。

だけど、先ほどまでの楽しそうな様子とも、明らかに違《ちが》う。

静かな声には、ぎくりとするほどの強さがあった。

「私が醜《みにく》い無能神ではなく、美しい神であることを——期待していたでしょうか」

——……あ。

神様は戸惑《とまど》う私を黒い体に映し込む。

まるで私を見つめるかのような神様に、なんだかすとんと腑《ふ》に落ちた。

黒い体は、少しも美しくはない。人の姿とは程遠く、他の神々ともまるで違う。醜いと言われるのも納得できる、不気味な不定形だ。

神様が人の姿に戻《もど》れるのは嬉しい。美しくて損はないのだから、そりゃあ美しい方がいいに決まっている。

でも別に、いいのだ。美しくなくても、人の姿でなくても。

神様なら――と、以前に頭に思い浮《う》かべた言葉の続き。

――ぎくり、じゃないわ。

私はたぶん、今、この黒い神様にドキリとしているのだ。

「……か」

口を開いたのは無意識だ。

たぶん私は、否定の言葉を口にするつもりだったのだと思う。

期待していない、大丈夫《だいじょうぶ》、気にしないで――頭に浮かんでいたのは、そういった言葉だったはずだ。

「神さ――」

「やはり人は、美しいものを好みますものね。エレノアさんは特に」

しかし神様の発言に、そんな生ぬるい言葉は吹《ふ》き飛んだ。

――は？

「美しい神々をすでに知っていらっしゃいますし、なにより――」

強張《こわば》る私の前で、神様はぷるんと揺れる。

冗談《じょうだん》を言っているようでもなく、いかにも生真面目《きまじめ》に、そしてほんのりと寂《さび》しそうに。

「ルフレさんが話していました。エレノアさんは『面食い』でいらっしゃると」

とんでもないことをおっしゃりやがった。

「かみ……さま……」

エレノアの発した声に、彼はそれこそぎくりとした。

彼女の声は押し殺したように低く、重たい。かすかにかすれ、震えるその響《ひび》きは、まるで怒《いか》りを抑《おさ》えているようにも聞こえた。

「私……面食いではありませんから……！」

エレノアの両手は、力んだように空《くう》を摑《つか》む。

わなわなと震え、ねじるようなその動きが、なんとなく誰《だれ》かの首でも絞《し》め上げているように感じられるのは気のせいだろうか。

妙《みょう》に力のこもったエレノアの様子に、彼はたじろぐように身を引いた。

「……そう……なんですか？」

「そりゃあ……まあ、美形は嫌《きら》いではないですけど。イケメンなら、それに越《こ》したことはないですけど……！」

でも！　と言ってエレノアはギッと彼を睨《にら》みつける。

睨みつけられた彼は反射的に竦《すく》み上がる。

喉もないのに、ヒュッと喉から息が漏れたような気がした。

――お、怒っていらっしゃる……。

それもおそらく、猛烈《もうれつ》に怒っている。目のない彼でも怒りの形相が思い浮かぶほどの怒りに、体は怯《おび》えて凍《こお》り付いていた。

神さえも怯えさせる怒りをたたえ、エレノアはテーブルに荒《あら》く両手をついた。そのまま腰を浮かせて身を乗り出すと、噛《か》みつきかねない勢いで口を開く。

「いいんですよ、別に！　無理に美形になりたがらなくたって！」

聞こえた言葉に、彼の強張っていた体が大きく揺れた。

――……えっ？

「私は神様が神様なら、それでいいんです!!」

戸惑う彼の真正面。エレノアがまっすぐに彼を睨んでいる。

彼女は忌《い》み嫌われる醜い体から目を逸《そ》らさず、気にした様子さえも見せない。吐《は》き出される言葉には、彼の不安なんて吹き飛ばすほどの強さがあった。

「わかったら、ルフレ様の言うことなんて信じない！」

「は、はい！」

反射的に、彼はこくこくと頷《うなず》いていた。

不定形の体を何度も折り曲げる様子を見て、エレノアはようやく気が済んだらしい。乗り出した身を引き、「ふん！」と鼻から息を吐く。

満足げなエレノアとは対照的に、彼はしばらく啞然《あぜん》としていた。

まるで嵐《あらし》のようだった。怒りと勢いに押されて、先ほどまでなんの話をしていたかもすぐに思い出せない。ぽかんとしたまま身じろぎすれば、渦《うず》を巻く思考が溶《と》けていく。

代わりに彼の思考を埋《う》めるのは――吹き出すようなおかしさだった。

「はい――はい、エレノアさん。そうですね」

思わず笑い声を上げると、彼はエレノアに向けてもう一度頷いてみせた。

体はたゆんと揺《ゆ》れている。あれほど頭を満たしていた悩《なや》みが、いつの間にかどこかへいってしまっていた。

「エレノアさんは、そういうお方でしたね」

「それ、どういう意味です!?」

笑い続ける彼へ、エレノアは怒りとも戸惑いともつかない声を上げた。

それがまた妙におかしくて、どうにも笑いが止まらない。それでもどうにか笑みを噛み殺し、彼は困惑《こんわく》するエレノアへ当たり前に答える。

「素敵な方だ、という意味です」

「…………は、え、はい？」

「ありがとうございます、エレノアさん」

彼はそう言うと、戸惑うエレノアを残して椅子《いす》から滑《すべ》り降《お》りた。

取り残されたエレノアがどんな表情をしているかを、彼は見ることができない。

身を強張らせたエレノアが、どんな目で彼を見つめているかもわからない。

それは少し残念で――だけど、それでいいのだと思う。

この心地《ここち》よい関係を、無理に変えたいとは思わない。姿を取り戻そうとしてくれるエレノアやアドラシオンには悪いが、彼には今のままで十分だった。

穏やかでやわらかな時間を、こうしてずっと彼女と過ごしていきたかった。

「紅茶を淹《い》れますよ、エレノアさん。座っていてください」

だから今は、『無能神』のまま。

彼はエレノアに背を向けて、棚《たな》の上の茶器へと手を伸《の》ばした。

人間の『ずっと』があまりにも短いことに、神たる彼は気付くこともないままに。

アドラシオンの知る『彼』は、誰よりも完璧《かんぺき》だった。

非の打ちどころなどあるはずもない。なによりも美しく、なによりも清く、どこまでも穢《けが》れない。決して揺らぐことのない、完成された絶対の存在だ。

かつて、この地に降り立った『彼』は、だからこそ絶望だった。

人間《種》を愛しながら、決して人間《個》を愛さない、慈悲《じひ》深《ぶか》くも無慈悲な至高の王。公正無私なる、裁きの執行《しっこう》者。彼こそは建国神話の、始まりにして終わりの神。

目を閉じればすぐにでも思い出せる。今より千年前。まだアドラシオンが、建国神と呼ばれる前の時代。

この地には、どこまでも人の嘆《なげ》きが満ちていた。大地は穢れ、神々は倒《たお》れ伏《ふ》し、大神の血が地表を覆《おお》う。

もはやこの地に、神の愛はなかった。

人は裁かれ、大地は洗い流されるのを待っていた。

すべては人の自業自得。増長した人間たちは、自ら終わりを招き寄せたのだ。

『――ならば、試そう』

それは、はるか遠い過去。慈悲深き神が与《あた》えたもうた、人間たちへの最後の機会。

『この地に、人間の生きる価値があるかを』

人間も、『彼』自身さえも忘れた、建国神話のはじまりの言葉だ。

――なにかが、変わるかもしれない。

アドラシオンは頭を振《ふ》って古い記憶《きおく》を追い払《はら》う。もう誰も思い出すことのない過去の代わりに、頭に浮《う》かべるのは今朝の出来事だ。

神殿《しんでん》の外れ、人間たちの顧《かえり》みることのない古びた小屋。

神は諦念《ていねん》に沈《しず》み、すべてへの関心を失っていた。

穢れの重みに形を失い、記憶をも失った神を、人間は誰も見ようとはしなかった。

だが、今朝は――。

――エレノア・クラディールの名を口にした。それに、この姿も。

物思いに沈むように代理聖女の名前を口にしたことも驚《おどろ》きだが、それ以上に驚いたのは、アドラシオンの容貌《ようぼう》について言葉を漏《も》らしたことだ。

美しい、ただ一言。だけどその一言が、アドラシオンを動揺《どうよう》させた。

神から記憶は失われている。そして今の神では、アドラシオンの容姿は知りえない。

穢れに歪《ゆが》められた体には、視界が存在しないのだから。

——記憶を取り戻《もど》せるほど、あのお方の穢れは減っていない。ならば、あれは……。

あれは——きっと、『綻《ほころ》び』であるのだろう。

ありえるはずのない変化だった。彼は完璧な神であり、公正無私の体現者だ。どれほど穢れに姿を奪《うば》われようと、心は決して穢れに染まらない。穢れの言葉に耳を貸さず、悪神に堕《お》ちる寸前になってもなお、役目を投げ出すことのない清廉《せいれん》にして無情の神。

その、綻び。

ほんの些細《ささい》な綻びは、だけど彼の完璧さを歪ませた。

——この国の未来が、変わるかもしれない。

それが希望であるか絶望であるかは、今のアドラシオンにはわからなかった。


同じころ、アドラシオンも知らぬ場所で、未来を動かすもう一つの変化があった。

「——あの、馬鹿《ばか》！」

細い手が、見た目にそぐわぬ力強さで手紙を握《にぎ》りつぶす。

手紙の差出人は、クラディール伯爵《はくしゃく》。まるで脅《おど》されたように震《ふる》える筆致《ひっち》で書かれた手紙の内容は、ここ最近のクラディール伯爵家での出来事、およびその娘《むすめ》の近況《きんきょう》だった。

脅したのは、他でもない。今しがた手紙を握りつぶした張本人である。

「だからアマルダには関わるなって言ったじゃない！」

神殿から遠く離《はな》れた王都。その一等地。

ルヴェリア公爵《こうしゃく》家の王都別邸《べってい》にて、若き公爵夫人マリオンが怒《いか》りの声を張り上げた。

「お姉様に遠慮《えんりょ》なんてしてるんじゃない！　困ったら頼《たよ》りなさいよ、エレノア!!」

2章◆公爵夫人マリオンからの手紙

アマルダ・リージュにとって、マリオン・ルヴェリア公爵夫人のことは辛《つら》い記憶だった。

父リージュ男爵の親友、クラディール伯爵の長女である彼女は、アマルダにとって三つ年上の幼なじみだ。物心が付く前からアマルダはマリオンに引き合わされ、もう一人の幼なじみであるエレノアとともに、本当の姉妹のように育ってきた。

アマルダにはエレノアと同じように、マリオンも親友だったのだ。

それなのに――。

「ええ、なんてひどい！　幼なじみのアマルダ様をいじめていたなんて、ルヴェリア公爵夫人ってそんな方だったのですか⁉」

「アマルダ様、公爵夫人に悪評を広められたんですって⁉　それに無視をされたり、のけ者にされたり……陰湿《いんしつ》すぎますわ！　おかわいそうに……！」

「噂《うわさ》だと、妖精《ようせい》のように愛らしくて優しいお方って聞いていたのに！　ほんと、噂ってあてになりませんのね！」

アマルダを取り囲み、聖女たちが口々に怒りの声を上げる。

場所は、神殿内のカフェテリア。食堂に併設《へいせつ》された、上位聖女しか入ることのできないその場所で、アマルダは静かに目を伏せた。

うつむいた視線の先では、赤い紅茶の水面が揺《ゆ》れている。負担の大きな上位聖女の心を癒《いや》すために用意された、最上級の茶葉から淹《い》れられた紅茶の香《かお》りも、今はアマルダの悲しみを慰《なぐさ》めなかった。

この悲しみの原因は、他愛無い雑談から『公爵夫人』の話題が出たことだ。国内外に名高きルヴェリア公爵家の当主が見初めた、一人の元伯爵令嬢《はくしゃくれいじょう》の名前に、アマルダは重たい息を吐《は》く。

――マリオンちゃん……。

ルヴェリア公爵がマリオンと結婚《けっこん》したのは、もう一年ほど前になる。国王からの信頼《しんらい》も厚い、若く才能にあふれた公爵の結婚に、当時の社交界はずいぶんと沸《わ》いたものだ。

しかも相手は、遥《はる》か格下の身分であるクラディール伯爵家の娘。この身分差の結婚が、話題にならないはずがなかった。

令嬢の心優しさが公爵の心を射止めたのだとか、妖精のような愛らしさで公爵を翻弄《ほんろう》したのだとか、あるいは素朴《そぼく》な愛情が疲《つか》れた公爵の心を癒したのだろう――とか。

一年たった今でも、『公爵夫人』の恋物語《こいものがたり》は語り草だ。公爵に想いを寄せていた令嬢はやっかみ交じりに、下位の貴族は憧《あこが》れを込めて、そして庶民《しょみん》は夢物語のように。ふとした拍子《ひょうし》に少女たちの話題に上る。

楽しげに語られる噂話は、だけどマリオン本人を知るアマルダには少し辛かった。

公爵夫人の話題で盛り上がる他の聖女たちに、思わず口を挟《はさ》んでしまうほどに。

「ごめんなさいね、せっかくの楽しい話なのに、こんなことを言ってしまって。お話を邪《じゃ》魔《ま》するつもりはなかったのだけど……」

「いいえ、お気になさらないで、アマルダ様。夫人の本当の話が聞けて私たちも良かったですわ。まさか、アマルダ様に嫌《いや》がらせをするような方なんて！」

話に水を差したと謝罪をすれば、聖女の一人が憤慨《ふんがい》混じりにそう答える。

優しい彼女の言葉に、アマルダは傷つきながらも笑みを浮かべた。

彼女もまた、このカフェテリアに足を踏《ふ》み入れることを許された聖女。上位の神に見初められるだけの清らかな優しさを持っているのだ。

「ありがとう。……でも、きっと私が悪いのよ。マリオンちゃんは――公爵夫人はなにも悪くないの」

優しさに応《こた》えようと、アマルダは顔を上げる。にじむ涙《なみだ》をそっと拭《ぬぐ》って周囲を見回せば、こちらを見つめる聖女たちの心配そうな表情に気が付いた。

彼女たちの顔ひとつひとつを順に見て、アマルダはなんでもないと首を振る。

「気にしないで。仕方ないのよ。……だって幼なじみとはいえ、相手は伯爵家のお嬢様《じょうさま》だもの。きっと男爵家の生まれの私が、なにか出過ぎた真似《まね》をしてしまったんだわ」

できるだけ明るい声で、明るい顔で言ったつもりなのに、周囲の聖女たちの顔は晴れない。気遣《きづか》わしげないくつもの視線に、どうしたのだろう――と思ったとき。

「アマルダ様……！」

目の端《はし》から、ぽろりとこらえきれなかった涙がこぼれる。一度あふれると止まらず、あとからあとから流れる涙に、聖女たちの顔が怒りに歪んだ。

「おかわいそうに……！　身分で相手を下に見るなんて、なんて人！　自分だって身分差で結婚したくせに！」

「アマルダ様、無理にかばわれる必要なんてありません。嫌がらせをしたり、悪口を言ったりするような相手にまでそのようなこと、アマルダ様は優しすぎます！」

「なにより、今はアマルダ様の方が身分は上でいらっしゃいます。公爵夫人ごとき、最高神の聖女たるアマルダ様にかかれば、いくらでも思い知らせてやれますわ！」

まあ、とアマルダは泣きながら声を漏《も》らした。

声を大にして怒《おこ》ってくれる優しい聖女たちが嬉《うれ》しかった。だけど同時に、過激な言葉には少々困ってしまう。

「思い知らせるなんて、そんなことしようとは思わないわ。たしかに私はグランヴェリテ様の聖女で、そういうことはできるけれど……。でも、マリオンちゃんは私にとって、今でも親友だもの」

「アマルダ様……」

「いくら嫌がらせをされても、恨《うら》んだりしないわ。私、マリオンちゃんには公爵様と幸せになってほしいって、本当に思っているの」

涙を拭《ぬぐ》ってそう言うと、周囲からわっと称賛《しょうさん》の声が上がった。

「なんて素晴らしいお心でしょう」

「さすがは、最高神グランヴェリテ様に選ばれたお方ですわ」

「本当、アマルダ様はお優しくていらっしゃること！」

いくつもの称賛が、アマルダには少しくすぐったい。アマルダは小さく身を竦《すく》め、居心《いご》地《ち》の悪さを誤魔化《ごまか》すように紅茶に口を付けた。

紅茶を飲むアマルダの前で、聖女たちは茶菓子《ちゃがし》をつまみながら話を続ける。

「それにしても、こんなお優しいアマルダ様を嫌《きら》うなんて、いったいどんなひねくれた方なのかしら、公爵夫人って」

「そんな方を夫人に選ぶなんて、公爵様も趣味《しゅみ》がお悪いのね。噂では、とても素敵な紳士《しんし》だと聞いているのに」

どことなく弾《はず》んだ声で、夢中で喋《しゃべ》る合間につまむ茶菓子は、紅茶に劣《おと》らぬ高級品だ。

腕《うで》のいい職人が丹精込《たんせいこ》めて作った見た目にも麗《うるわ》しい菓子に、しかし関心を寄せる者はほとんどいない。庶民どころか並の貴族でも手が出せない最上級の紅茶と菓子も、このカフェテリアでは当たり前のもの。聖女たちは雑談とともに、次々に菓子を口へと放り込んでいく。

「アマルダ様がお優しいからこそ、じゃないかしら？　公爵夫人の性格が悪いから、心のきれいなアマルダ様が疎《うと》ましかったのよ」

「そうそう。だって自分の醜《みにく》さが見えちゃうものね。周りの人たちだって、公爵夫人の意地悪さに気付いちゃうだろうし――」

「あ！　それよ！　アマルダ様がいらっしゃったら、公爵様は夫人よりもアマルダ様を選ぶでしょう？　それで夫人は、アマルダ様を恐《おそ》れたんじゃないかしら！」

「いえいえ、もしかして公爵様、すでにアマルダ様に惹《ひ》かれていらっしゃったのかも!?　だって、お会いしたことあるんですよね!?」

不意の一言に、え、とアマルダは呟《つぶや》いた。

いつの間にか、聖女たちの視線が一斉《いっせい》にアマルダに向かっている。

彼女たちの目に浮《う》かぶのは、ありありとした期待の色だ。言葉を待つ聖女たちに、アマルダは思わず口元を手で押さえた。

「まさか！　お会いしたことはあるけれど、いつもマリオンちゃんも一緒《いっしょ》だったし……」

でも、と続けたのは無意識だ。期待に満ちた聖女たちの目に、アマルダの記憶《きおく》が揺らいでいく。

言われてみると、でも、たしかに――。

「……公爵様《こうしやく》は、私にとても気を使ってくださったわ。マリオンちゃんが傍《そば》にいても、私にばかり話しかけてくださって、いつも笑顔で楽しそうにしていらして……」

「それ！　絶対に好きになってますよ！」

「待って！　それじゃあもしかして、噂の『妖精のように愛らしくて優しいお方』って、アマルダ様のことじゃないですか⁉」

「そうね、公爵夫人じゃイメージが合わないわ！　でも、アマルダ様ならぴったり！」

「公爵様はすでにアマルダ様に惹かれていたのに、夫人が無理やりアマルダ様を引き離《はな》したんだわ……！　ああ……公爵様、おかわいそう……！」

ぽつりと漏らしたアマルダの言葉に、聖女たちが口々に騒《さわ》ぎ出す。

その様子を、アマルダは口元に手を当てたまま眺《なが》めていた。

頭には、過去の記憶がよみがえる。楽しげな聖女たちの声が、辛《つら》い過去を少しずつ変化させていく。

――そう……だったかもしれないわ。

改めて思い出してみると、たしかにそんな気がする。

公爵がアマルダを見る目には、いつも熱があった気がする。二人のデートにたまたま居合わせて、親友だからと一緒に遊ぶことになったとき、公爵はマリオンよりもアマルダにばかり気を使っていた気がする。アマルダに向ける笑みは、マリオンに向けるものとは違《ちが》っていた気がする。

——そう、だったんだわ。

しっかり思い返すと、聖女たちの言う通りだ。

公爵の瞳《ひとみ》の熱は、アマルダに焦《こ》がれているからだった。アマルダに気を使うのは、それだけアマルダの気を引きたいからだった。アマルダに向ける笑みの方が、マリオンに向けるものよりも本物だった。

——そうなのね、公爵様、本当は私のことを……。

たしかな公爵の情熱に、アマルダは嘆息《たんそく》する。

手で隠《かく》れた口の中。騒ぐ少女たちを見つめながら、困るわ、と誰《だれ》にともなく呟いた。

——そんなつもり、なかったのに。

アマルダ・リージュの世界は、幸福に満ちていた。

生まれは平凡《へいぼん》な男爵家《だんしやく》。両親の深い愛情がある以外は、取り立てたところもない家柄《いえがら》だ。豊かではなく、かといって貧しいわけでもなく、格別な名誉《めいよ》もなければ不名誉もない。アマルダ自身も、魔力量《まりよく》が少し人より多いだけのごく普通の娘《むすめ》だと自覚している。

ただ、周囲の人々に恵まれていた。アマルダを本当の娘のように想ってくれるクラディール伯爵《はくしゃく》。伯爵家の一員として扱《あつか》ってくれるクラディール家の人々。親友のエレノアに、数多くの心優しい友人たち。みんなが、心からアマルダを愛してくれた。

アマルダが心清らかに、健やかに育つことができたのは、すべてアマルダを愛する人々がいてくれたからだ。アマルダを取り巻く世界は優しく、愛《いと》おしく、幸福に包まれていた。

……ときどき、なにもしていないのに嫌われちゃうこともあるけれど。

もちろん、世の中の誰もが優しい人々ではない。ささやかな幸福を噛《か》み締《し》めるアマルダに、理不尽《りふじん》な不幸が降りかかることもある。

マリオンは、そんな理不尽の一つだった。

親友だったマリオンは、あるとき突然《とつぜん》に、アマルダをわけのわからない理由でいじめはじめた。アマルダがマリオンの婚約《こんやく》を破棄《はき》させただの、アマルダが婚約者を奪《うば》おうとしただの、ありもしないことを言うようになったのである。

——婚約者を奪うなんて……どうしてそんなこと……。

マリオンの言葉に、アマルダは思い当たる節が一つもなかった。

マリオンの婚約者は、アマルダにとってはただ親友の婚約者であるだけ。奪おうなんて思ったこともない。

ただ少し、婚約者の親友として話をしたことがあるだけだ。

婚約に悩《なや》んでいると聞いて、親友のために相談に乗っただけ。

それなのに、どうして嫌われてしまったのだろう——と悲しい気持ちでいたけれど。

昼間に聖女たちと交わした、ルヴェリア公爵についての話で納得がいった。

——かわいそうな人ね、マリオンちゃん。

要するに、マリオンは逆恨《さかうら》みをしていたのだ。アマルダが隣《となり》にいると、婚約者も公爵もアマルダを見てしまう。アマルダはなにもしていないのに、アマルダにはどうしようもないことの責任を押し付けていたのだ。

——誰かのせいにしないといけないなんて、悲しい人。私を責めたって、公爵様のお気持ちは変えられないのに。

だけどアマルダは、そんな相手の幸せさえ願ってやれる。

伯爵家の娘が公爵と——なんてちょっぴり驚《おどろ》いたけれど、今となっては昔のこと。マリオンはマリオンで幸せになればいいと、心から思っている。

——みんな幸せになればいいわ。マリオンちゃんも、ノアちゃんも。

それぞれが、釣《つ》り合いの取れた相手と上手《うま》くやっていけばいい。マリオンには人間の公爵が、マリオンの妹のエレノアには、魔力に釣り合う無能神が、きっとちょうどいいのだ。

ふふ、とかすかに笑って頭を振《ふ》ると、アマルダは過去を追い払《はら》って顔を上げた。

アマルダの前に広がるのは、神殿《しんでん》でもひときわ贅《ぜい》を尽《つ》くされた極上の一室だ。

最高神グランヴェリテの屋敷《やしき》、その最奥。屋敷の主《あるじ》であるグランヴェリテの住む部屋で、彼女は目の前の存在に目を細めた。

アマルダの瞳に映るのは、人間たちの理想を体現した美貌《びぼう》の神だ。

輝《かがや》く金色の髪《かみ》は、まばゆい陽光のよう。同じ色の瞳は冴《さ》え冴《ざ》えとして感情が見えず、神らしい超越者《ちょうえつしゃ》然とした印象を与《あた》える。

顔立ちは男性のようでもあり、女性のようでもある。まるで男女双方《そうほう》の美しさを集めて練り上げられたかのような、誰もが目を見張るほどの至上の美貌に、アマルダの口から知らずため息が漏《も》れる。

——私も、幸せになるから。

内心で付け加えると、アマルダはそっとグランヴェリテの腕《うで》に手を伸《の》ばした。

最高神に触《ふ》れる不敬を、アマルダが咎《とが》められることはない。アマルダが彼に身を寄せ、もたれかかっても、神は拒《こば》むこともなく受け入れる。

それは、アマルダが最高神の聖女だからだ。他の誰かがすれば天罰《てんばつ》の下る行為《こうい》が、自分だけは許されていることに、アマルダは喜びを感じていた。

聖女に選ばれた日から今日まで、アマルダはグランヴェリテの言葉を聞いたことがない。冷たい無表情が変わる瞬間《しゅんかん》も、部屋の最奥にある玉座めいた椅子《いす》から立ち上がる姿も、見たことはなかった。

だけど疑問には思わない。超然《ちょうぜん》とした神とはそういうもの。神々の王であればこそ、何事にも動じず、ただ悠然《ゆうぜん》と人間たちを見守り続けているのだ。

言葉などなくても、表情が変わらなくとも、アマルダには神の愛を感じ取れる。偉大《いだい》なる神の傍《かたわ》らにいられることに、アマルダは満足していた。

最高神グランヴェリテに選ばれて、アマルダは心から幸せだった。


アマルダ・リージュは幸福な娘だった。

アマルダは自分が最高神に選ばれるために、神官たちがなにをしたかを知らないし、知るつもりもない。

なぜなら神託《しんたく》を聞くのは神官の領分であり、アマルダには関係のないことだからだ。

たとえ無能神に選ばれたことがショックで、神官たちの前で泣き出したことが原因だろうが、アマルダに心寄せる神官たちが必死で偽《いつわ》りの神託を作り出そうが、その後の神官たちの行方《ゆくえ》が知れなかろうが、それはアマルダの知るところではない。

アマルダはあくまでも、『驚いて泣いてしまった』だけ。

あとはすべて、『神官たちが勝手にやったこと』にすぎないのだ。

アマルダに悪意は存在しない。誰かを蹴落《けお》としてやろうという意思はない。

アマルダに存在するのは、ただ満ち足りた幸福だけだった。

「……グランヴェリテ様」

幸福の中で微笑《ほほえ》むアマルダは、気付くことがない。

もたれかかった最高神の指の先に、小さな黒い染みができていることにも。

それが、あの無能神のまとう穢《けが》れに似ていることにも。


穏《おだ》やかでやわらかな時間を、こうしてずっと彼女と過ごしていきたかった——。

とは、なんだったのであろうか。

いつだったかアドラシオンが言っていた、『望めば叶《かな》わぬことはない』という言葉は、なんだったというのだろうか。

エレノアの友人たちと騒《さわ》がしい朝を過ごしてから、数日。

彼が抱《いだ》いた『変わらずにいたい』という願いは、この数日で呆気《あっけ》なく打ち砕《くだ》かれてしまっていた。

「ええと、では、い、行きますね……！」

「は、はい！」

緊張感《きんちょうかん》の満ちる薄暗《うすぐら》い部屋で、彼はごくりと息を呑《の》み込んだ。

外は真昼。明るい日差しが降り注ぐ時間帯だというのに、この部屋は深い影《かげ》の中。蠟燭《ろうそく》の淡《あわ》い光だけが、奇妙《きみょう》になまめかしく揺《ゆ》れる。

「緊張しなくても大丈夫《だいじょうぶ》です、力を抜《ぬ》いて、私に任せてください」

聞こえるのは、上擦《うわず》ったような猫撫《ねこな》で声だ。大丈夫、大丈夫と繰《く》り返しながら、その声の裏にある強張《こわば》りは隠せない。

「ちょっとだけ、ちょっとだけだから……」

いかにも胡乱《うろん》な言葉を口にしながら、『彼女』はまるで鷲掴《わしづか》みにでもするように力んだ手を伸ばし――。

ちょん、と震《ふる》える指の先で、ほんの一瞬《いっしゅん》だけ、撫《な》でるように彼の体に触《ふ》れた。

「…………」

部屋には気まずい沈黙《ちんもく》が流れる。

エレノアと向き合ったまま、彼は居心地《いごこち》の悪さにぷるんと硬く身を震わせた。

この緊張した空気をいったいどうすればいいのか、今の彼には皆目《かいもく》見当もつかなかった。

恐《おそ》ろしい緊張感の満ちる部屋で、私は指先を神様に向けて凍《こお》り付いていた。

現在は、いつも通りに神様の穢れの浄化中《じょうか》。

すでに一か月半ほど繰り返し、もはや日課となった行為だというのに、私と神様は妙にぎこちない。いつもの手順も思い出せず、互いに体を向き合わせながら、ここからどうすればいいのかと迷っていた。

「え、ええと、エレノアさん。すみません、少し触れる時間が短すぎるようで……」

「あ、は、はい！　そうですよね！　も、もっとしっかり触らないと……！」

先に口を開いたのは神様の方だ。申し訳なさそうにうなだれる――ように前のめりに傾《かたむ》く神様に、私は上擦った声で返事をする。

穢れの浄化は、互《たが》いに素肌《すはだ》で接触《せっしょく》する必要があるという。どこかの悪い神が『聖女と寝《ね》る』とかなんとか言っていたけれど、あれはたちの悪い冗談《じょうだん》だ。肌に触れるのは、単に神様の抱いた穢れを受け取るためである。

神様から渡される穢れは、私の魔力《まりょく》で浄化できる分だけ。受け渡しの際は少し嫌《いや》な気持ちを感じるかもしれない――と神様に言われたことがあるけれど、これまでそれらしい感覚を覚えたことは一度もない。いつも、気が付いたときには浄化が終わっていた。

――だから……これで終わってくれたかと思ったけど……。

残念ながら、そう上手《うま》くはいかないらしい。

もう一度、神様に触れなければいけないのだ。今度は、しっかりと。

「し、しっかりとですね。短すぎないように時間をかけて、しっかりと……じっくりと……」

「え、エレノアさん……？」

指先に力を込める私を見上げて、神様がびくりと震える。黒い体が怯《おび》えた様子で後ずさりしているけれど、しっかり触るためにも逃《のが》すわけにはいかない。

私は追い詰《つ》めるように神様ににじり寄ると、力んだ両手を持ち上げ――覚悟《かくご》を決めて、神様に手を伸ばした。

「ひゃうっ！」

ぐわし、とじっくりしっかり鷲摑《わしづか》めば、神様から悲鳴が上がる。

妙《みょう》に色っぽい声が部屋に響《ひび》き渡ったのは一瞬。なぜか感じる背徳感に、思わず私の顔が赤くなったのも、一瞬だけだ。

次の瞬間、神様を固く摑んだ手の平から、痛みにも似た衝撃《しょうげき》が走る。

頭の中を黒く染め上げる――ほどでもないけれど、意識を持っていかれるには十分な衝撃に、ぐらりと体が傾く直前。

倒《たお》れかける私の体を支える神様の、ひどく焦《あせ》った声を聞いた。

「す、すみません、エレノアさん！　穢れを渡しすぎてしまいました！」

ここ数日は、すっかりこんな調子である。

いつも通りの神様の部屋。いつも通りの穢れの浄化。いつも通りの会話すらも、なんだか互いにぎこちない。居心地の良かった部屋には常に緊張感が満ち、互いに様子を窺《うかが》い合っては、なんとなく誤魔化すことが続いていた。

挙句の果てが、今日の浄化の失敗である。

「エレノアさん、本当にすみません。こんな失敗、今までなかったのですが……」

ベッドで意識を取り戻《もど》した私に、神様は沈《しず》んだ声でそう言った。

まだ重い体を起こして声に振《ふ》り向けば、ベッドの横でぺったりと潰《つぶ》れている神様の姿がある。

どうやら相当落ち込んでいるらしい。やわらかな体が今はぷるんともせず、顔も上げられないと言いたげに伸《の》び切っていた。

「お体の具合はいかがですか。苦しいところはありませんか？　せっかくエレノアさんが浄化してくださっているのに、私はこんな目に遭《あ》わせてしまって……」

「い、いえ！　それは私が急に触ったせいですから！」

見たこともないほど気落ちしている神様に、私は慌《あわ》てて首を横に振った。

意識を失いはしたものの、目覚めた今はなんの不調も感じられない。窓から外を見る限り、意識を失っていた時間もそう長くはないだろう。空はまだ明るく、木漏《こも》れ日が揺れていた。

その木漏れ日を横目に、私もまた神様へと謝罪する。

「私こそすみません。思いっきり触りすぎてしまって……驚《おどろ》かせてしまいましたよね」

「ああ、いえ、それは……別に構いません。たしかに、少し驚きはしましたが」

私の言葉に、へこみ切っていた神様がようやく体を持ち上げた。

体には少し弾力《だんりょく》が戻ってきただろうか。彼はベッドの私を見上げるように覗《のぞ》き込み、いつもよりも少し重たげに、どことなくぎこちなく――それでいてまるで恥《は》じらうかのように、ぷるんと揺れた。

「最近はあまり触《ふ》れてくださらないので、…………前みたいに触っていただけて、ちょっと嬉《うれ》しかったです」

「…………」

その様子を、私はぽかんと見つめていた。神様は恥ずかしげにまたうつむいて、言葉を探すようにゆるやかに震える。

外の日差しの遠い、暗い部屋。艶《つや》のある黒い体が燭台《しょくだい》の火を反射する。どこか曖昧《あいまい》なその光沢《こうたく》が、どうしてか私には、頰《ほお》を染めているように見えて仕方なかった。

そう思うと、私も言葉が出なくなる。照れる神様から目を逸《そ》らし、私は気恥《きは》ずかしさをこらえるように唇《くちびる》を嚙《か》み締《し》めた。

そうして互いに体を向け合ったまま、部屋には再び沈黙が満ちる。

真昼の空を飛び交う鳥の声だけが、いやに大きく響いていた。


これは、非常にまずい。

なにがどう、とは言わないけれど、とにかく猛烈《もうれつ》にまずい。

「――――お」

緊迫《きんぱく》の神様の部屋を退去し、戻ってきた宿舎の自室。

私は部屋備え付けの姿見に向かい、自分の姿に向かって努めて冷静に言葉を吐《は》く。

「落ち着くのよ、私。なんでもないわ、なんということもないのよ」

昼間のことはなんでもない。神様の部屋での緊張《きんちょう》も、なんということはない。

照れた神様がちょっと可愛《かわい》い、なんて――。

「おおおお思ってないわ。落ち着いて、おち、おおおおち、落ち着いて……！」

落ち着いていない。

動揺《どうよう》する胸に手を当てて、私は大きく息を吸い込んだ。夜の冷たい空気を胸にいっぱいに含《ふく》み、それからゆっくりと吐き出して、ようやく熱の冷めた頭を振る。

「落ち着きなさい、私……！　私は代理聖女……私は身代わり……一時的に聖女をやっているだけ……！　だ、だいたい私には婚約者《こんやくしゃ》がいるのよ！」

神殿《しんでん》生活も二か月がすぎ、季節は春も終わりに近づいていた。

もうじき夏。長らく時間をかけて準備していた結婚式の日がやってくる。

――エリックからの連絡《れんらく》もない状況《じょうきょう》で、結婚なんてできるのかしら？

という疑問はいったん棚《たな》に上げておいて、とにかく私は婚約者との結婚を控《ひか》えた身の上なのだ。

それなのに、他の誰《だれ》かに浮《うわ》ついた気持ちを抱《いだ》くわけにはいかない。

いや、浮ついているわけではまったくない。ないけれど、このままではよろしくないのである。

――は、話し合いを進めないと！　連絡が来ないとか言っている場合じゃないわ！

おかしなことになる前に、この状況をなんとかしなければ！　と私はぐっと力んで鏡から顔を上げる。なんだかんだと父の尻《しり》を叩《たた》き続けてはや二か月。未《いま》だにのらりくらりの父を、どうにかして焚《た》きつけなければならない。

とはいえ、あの気が弱くて権力にも弱い、事なかれ主義の父である。

他家との諍《いさか》いなどもってのほか。他家のエリックと娘の私に責められれば、迷わずエリックにへりくだる父を、どう説得したものか――と思いながら、視線を何気なくテーブルの上に移したときだ。

テーブルの上に、今朝がた届いた手紙がまとめて置かれているのに気が付いた。

――そういえば、まだ確認していなかったわ。

今朝は忙《いそが》しくて、手紙を確認する時間が取れなかったのだ。あまり期待はできないけれど、もしかしたら父からなにか連絡が来ているかもしれない。

期待一割、どうせ父だしという諦《あきら》め九割で、私はテーブルの上の手紙を手に取った。そのまま、順に手紙を確認していき――。

ふと、手が止まった。

「………これって」

一目で上等だとわかる封筒《ふうとう》を手に、私は誰にともなく呟《つぶや》いた。薄《うす》く透《す》かし模様の入った封筒はしゃれていて、手触《てざわ》りは驚くほどに滑《なめ》らかだ。

父やセルヴァン伯爵《はくしゃく》家のものとは思えない。いったい誰からだろう、とひっくり返して封筒の裏を見た瞬間《しゅんかん》、先ほどまで考えていたことが、すべて頭から吹《ふ》き飛んだ。

赤い封蠟《ふうろう》に押されているのは、ルヴェリア公爵家を示す印。

差出人の名前は、マリオン・ルヴェリア。

アマルダのせいで婚約破棄《こんやくはき》の憂《う》き目に遭いながら、不屈《ふくつ》の精神で立ち上がり幸せを掴んだクラディール家の長女。

アマルダの味方ばかりをする実家に絶縁状《ぜつえんじょう》を叩きつけた、尊敬するべき偉大《いだい》なる姉、ルヴェリア公爵夫人からの手紙だった。

話しやすそうな相手だ、というのが、エリックが抱いたエレノアへの第一印象だ。

はじめて会ったのは、すでに親によって婚約者と決められたあと。エレノアは、噂《うわさ》で聞いていた通りの陽気で気さくな令嬢《れいじょう》だった。

扱《あつか》いに困るような相手でないことに、エリックはほっとしていた。しとやかすぎて声をかけにくい深窓の令嬢でもなく、社交界で名を馳《は》せるような大輪の薔薇《ばら》でもない。わがままで派手好き、服と宝石のことしか考えないような、面倒《めんどう》な娘《むすめ》でもない。

エリックにとって、エレノアは気負わずに接することのできる婚約者だった。

互《たが》いに、恋愛《れんあい》感情がないことは知っていた。婚約者同士でありながら、二人で会ってもなんら色気のあることは起こらない。パーティでダンスを踊《おど》ってもドキリともせず、ふざけ合って終わるような関係だ。

だけどエリックは、エレノアとの結婚が嫌《いや》ではなかった。

一緒《いっしょ》にいて気楽な、男友達のようなエレノアとなら上手《うま》くやっていけると思っていた。

裏表のない明朗な性格の彼女に、エリックはたしかに好感を持っていた。

そう思っていたかつての自分を、今となっては殴《なぐ》り飛ばしてやりたい。


――ノア、あの卑怯者《ひきょうもの》が！

セルヴァン伯爵邸《てい》の居間で、エリックは怒《いか》りに奥歯を噛んだ。

居間ではエリックと彼の両親――セルヴァン伯爵家現当主夫妻が、テーブルを挟んで向かい合う。

伯爵夫人の手の中にあるのは、一通の手紙だ。

ルヴェリア公爵家の印の押されたその手紙を前に、夫妻は顔を見合わせていた。

「父上、母上！　騙《だま》されないでください！　これはエレノアの罠《わな》です！」

「罠、と言っても、ねえ。エリックさん、このルヴェリア公爵夫人からのお手紙に書かれていることは本当なのかしら」

「エレノア嬢《じょう》から婚約を反故《ほご》にした、と私たちは聞いていたんだぞ。この手紙の内容では、まるきり逆ではないか。どういうことだ、エリック」

己を咎《とが》める両親の言葉に、エリックは表情を歪《ゆが》ませる。

理由は、叱《しか》られて反省しているから――ではない。過ちが露見《ろけん》したことに動揺しているわけでもない。

偽《いつわ》りだらけの公爵夫人の手紙によって、アマルダが悪役にされようとしていることが許せなかったからだ。

手紙に書かれていたのは、『エレノアはアマルダによって理不尽《りふじん》に聖女の任を押し付けられた』という、ありえない主張だった。

エレノアは結婚を望んでいて、聖女になるつもりはなかった。クラディール伯爵を問い詰《つ》めた結果、聖女となったのは神殿に強要されたからだと白状した。ならば一方的な婚約破棄は理不尽のはず。エレノア本人の意思次第でもあるが、まずは話し合いの場を設けるように――と。

まるで知ったような顔で書き連ねられた文章に、エリックの頭が熱を持つ。

エレノアが聖女になりたがったせいで、どれほどアマルダが苦悩《くのう》しているかを知りもせず、どうしてこうも勝手なことが言えるのだろう。

「エレノアは、自分から無能神の聖女になると決めたのです！　アマルダ様がそう言ったんですよ！」

「だが、エレノア嬢は押し付けられたと言っているのだろう？」

「エレノアさんは、こんな嘘《うそ》を吐《つ》くような子ではなかったと思うわ。……ねえ、そのアマルダ様のおっしゃることが、勘違《かんちが》いということはないかしら？」

「そんなはずはありません！　父上も母上も、アマルダ様に会っていないからわからないのです！」

必死のエリックの叫《さけ》びにも、両親は眉《まゆ》をひそめるだけだ。

二人の顔に浮《う》かぶありありとしたアマルダへの不信感に耐《た》え切れず、エリックはきつく両手を握《にぎ》りしめ、痛むほどに歯を食いしばった。

――アマルダ様……！

怒りをこらえながら思い浮かべるのは、二か月ほど前に伯爵邸を訪ねてきた、心優しい聖女のことだ。


最高神の聖女という忙しい身の上でありながら、アマルダはわざわざ時間を割き、セルヴァン伯爵邸へとやってきてくれた。

目的は、親友であるエレノアのため。急に聖女になると決まったから、きちんと周囲に事情を説明する暇《ひま》がなかっただろうと気遣《きづか》ってのことだった。

『……そう、ノアちゃん、私のことそんな風に言っていたの』

そう言って目を伏《ふ》せるアマルダの泣き顔を、エリックは今も忘れられない。

両親が出払《ではら》い、エリック一人が留守を預かっていた伯爵邸。アマルダはエリックに真実を告げ、だけど決して嘘を吐いたエレノアを責めることはなく、『聖女を任せた私が悪かったの』とかばい続けた。

その姿に、なに一つ偽りを感じられなかった。自分こそ辛《つら》そうに、涙《なみだ》ながらに語るアマルダの姿を見て、どうして彼女が嘘を吐いていると思えるだろう。

だけどそれ以上に忘れられないのは、アマルダが屋敷《やしき》を去るときのことだった。

『――事情はよく分かりました。ありがとうございます、聖女アマルダ様』

心からの感謝を込めて一礼するエリックに、アマルダが首を横に振《ふ》った、あの瞬間。

『頭を下げる必要なんてありません、エリック様。私は当たり前のことをしただけですから』

そう告げるアマルダの、涙の跡《あと》の残る横顔に、すっかり暮れかけた夕日が差す。

アマルダを待つ馬車は少し遠い。彼女の表情を見たのは、エリック一人だけだ。

『それに聖女だなんて……そんなにかしこまらないでください。私、ノアちゃんの親友としてエリック様を訪ねたんですよ』

だから、と言って、アマルダはようやく泣き顔に笑みを浮かべる。

いたずらっぽくてどこか甘いその笑みは、しとやかすぎて声をかけにくい深窓の令嬢でも、社交界で名を馳せるような大輪の薔薇でもない。

それでいて、エレノアとも違《ちが》う。

男友達のような気安さでは、ない。

『今の私は聖女でもなんでもありません。……だから、ノアちゃんと同じように、できれば普通《ふつう》の女の子として扱ってほしいです』

ふわりと揺《ゆ》れる亜麻色《あまいろ》の髪《かみ》はやわらかい。澄《す》んだ青い目はきらめいて、エリックを映して瞬《まばた》いている。

その姿に、エリックは目を奪《うば》われていた。

彼女は愛らしい――誰《だれ》よりも愛らしい少女だった。

『あなたを……ノアと同じようには扱えません』

アマルダの笑みを見つめながら、彼は知らずそう言っていた。

口にする言葉は無意識で、だからこそ本心だ。

『あなたは、あいつとは全然違う。あんなに図太くもないし、余計な一言もないし……そもそも僕は、ノアを女の子扱いしたことなんてないですから』

『まあ！』

少し高い、驚《おどろ》きの声。両手に頬《ほお》を当てて、照れたように伏せられる潤《うる》んだ目。

ほのかに染まる頬に――短い嘆息《たんそく》のあとで、指先を立てて唇《くちびる》に当てる仕草。

そのすべてが、エレノアとは異なっていた。

『今のお言葉、ノアちゃんには聞かせられないわ。このことは、私とエリック様の秘密にしておかないと！』

『……………ああ』

『二人だけの秘密、絶対に忘れないでくださいね』

忘れられるわけがなかった。

心奪《こころうば》われていくこの瞬間《しゅんかん》、エリックの頭に婚約者《こんやくしゃ》の姿が浮かぶことはなかった。

──だというのに！

「アマルダ様に会えばわかるんです……！　アマルダ様がどんな方が、直接話しさえすれば！」

アマルダの素晴らしさを、両親は知ろうともしなかった。

どれほど必死に訴《うった》えても、返ってくるのはため息だけだ。

「それはもういい。とにかくまずは一度、クラディール家と話をするべきだ。こんな一方的なことをして、頭を下げてもどれほど話を聞いてくれるかはわからんが……」

「頭なんて、下げる必要はありません！」

「無茶を言うものではないわ、エリックさん。こんな良縁《りょうえん》、そう見つかるものではないでしょう」

「父上！　母上！」

声を嗄《か》らして叫ぶエリックの言葉は、両親に届かない。

二人ともすっかり手紙に騙《だま》され、アマルダを嘘つきと思い込んでしまっていた。

——どうして……！

こんな理不尽があるだろうか。卑劣《ひれつ》な人間がほくそ笑み、正しい人間が貶《おとし》められる。そんなことがあっていいのだろうか。

理不尽に悪役にされるアマルダを思うと、胸が張り裂《さ》けそうだった。アマルダを貶めるエレノアとその姉が憎《にく》かった。

憎くて、憎くて憎くて憎くて仕方がなかった。

——どうしてわからないんだ!!

両親が退出し、一人取り残された居間。

揺れる燭台《しょくだい》の影の中で、エリックは悔《くや》しさと怒《いか》りに身を震《ふる》わせながら、血がにじむほどに唇を噛みしめた。

どろり、と。

心の底に、かすかに重たく粘《ねば》つく感情を抱《かか》えながら。

姉の手紙から二週間。

飛ぶように過ぎていった二週間に、私は呆然《ぼうぜん》としていた。

今日も今日とて神様の部屋。

あれほど緊張《きんちょう》していた神様との時間さえも、ここ最近はずっと上の空だ。

「あの……？」

「………あの」

部屋の外からは、絶え間なく雨の音が響《ひび》いている。昨晩から続く大粒《おおつぶ》の雨は、雨漏《あまも》りのする部屋をすっかり水浸《みずびた》しにしていた。

水を掻《か》き出そうとモップを動かす私の頭にも、ぽつんと雨漏りが直撃《ちょくげき》する。だけど私はほとんど反応することもなく、この二週間のことばかりをぼんやりと考えていた。

――お姉様に私の状況《じょうきょう》が伝わっていて、私が聖女を押し付けられたことと、婚約破棄《こんやくはき》されたことにものすごく怒《おこ》っていらっしゃって……。

『どうせあのお父様《お父様》、例によって口だけでなにもしていないのでしょう？　権力とアマルダに馬鹿《ばか》みたいに弱いんだから、期待するだけ無駄《むだ》よ』

とは、私宛《あて》の手紙に書いてあった文面だ。

気弱さゆえに気の強い娘《むすめ》二人から逃《のが》れ、大人しいアマルダばかりを溺愛《できあい》する父への期待を、姉はすっかり放り捨てていた。

『さすがに私の力では神殿《しんでん》から出してあげることはできないけど、婚約の件は突《つ》っついておくわ。あの男も、セルヴァン伯爵《はくしゃく》家の方も』

姉の言葉は頼《たの》もしく、実際に姉は頼もしい。

手紙が届いたころには、姉はすでに父とセルヴァン伯爵をさんざん突っつきまわしたあとだった。

特に父は念入りに、穴あきチーズ並みにボコボコになるほど突《つつ》かれていたらしい。おかげで、のらりくらりとしていた父の態度は一変。姉の手紙からほどなくして、エリックとの話し合いに前向きな手紙が届いていた。

一方、セルヴァン伯爵家の方も変化があった。

これまではエリックの一方的な手紙以降、私の許《もと》にセルヴァン伯爵家側から手紙が届くことはなかった。セルヴァン伯爵から父に宛《あ》てた手紙に、『息子《むすこ》の暴走にほとほと手を焼いている』という旨《むね》が書かれていたようだけれど、やはり神殿相手には腰《こし》が引けていたのだろう。話し合いをする気はあるものの、実に消極的な態度だったという。

だけどそのセルヴァン伯爵からも、つい先日手紙が届いた。

内容は、具体的な話し合いの予定を詰《つ》めるものだ。

——お姉様のおかげで、どんどん話が進んでいくわ。お互《たが》いの家と連絡《れんらく》が取れて、話し合いの日程も決まって、場所も確保して……。

考え事をしているせいか、掃除《そうじ》はなかなか進まない。水はいつまでたっても掻き出せず、雨音は強くなっていく一方だ。

——来月には、エリックと会って話し合いをしているのよね。

エリックとの話し合いは、今からちょうど一か月後に決まった。

場所は私が自由に動けない身なので、この神殿内の一室。神殿にも、部屋を借りるための申請書《しんせいしょ》を提出済みである。

内々に話を終わらせたいという両家の希望のため、参加者は少ない。

話し合いに臨むのは、当事者である私とエリック、あとは責任者である父とセルヴァン伯爵のみ。公爵《こうしゃく》夫人がいては目立ちすぎるということで、姉には参加を遠慮《えんりょ》してもらっていた。

考えれば考えるほど、なにもかも順調だった。あまりにも順調すぎて、なんだか私の方が置いていかれた気分になる。

まるで他人事《ひとごと》のようだ——と思いかけ、私は慌《あわ》てて頭を振《ふ》った。

——い、いいえ、自分のことよ。このために今までお父様をせっついてきたんじゃない！

どうやら姉が私の状況に気付いたのは、私がこれまでせっせと父に手紙を出し続けたおかげだったらしい。

伯爵家での私の不在に気付き、どういうことかと父を問い詰めた結果、姉は大量にしまい込まれた私の手紙を発見。婚約を一方的に破棄《はき》され、父からの救援《きゅうえん》も得られない私の状況を、私から話を聞くまでもなく察したのだという。

当然、姉は激怒《げきど》した。『とにかく、まずは一度ちゃんと話し合いをしなさい！』と各方面に叱咤《しった》をして、話が動き出したというわけである。

「あの……エレノアさん」

——手紙を出したのは無意味ではなかったわ。やっと報われたのよ。努力の成果が出たのよ！

お姉様のおかげだけど！　と内心で付け加え、私はモップをぐっと力強く握《にぎ》り直す。呆《ほう》けている場合ではない。エリックを泣いて謝らせる準備が整ってきているのだ。ここはむしろ、大いに喜ぶべきところである。

——順調でなにが悪いの！　これで婚約破棄解消まで一歩前進よ！

うん、と私は声に出す。

うん、元気。しっかりしてる！　わははははは！

「エレノアさん！　それ、モップじゃありませんよ！」

はっ！

と我に返ったのは、そんな声が聞こえたからだ。

鋭《するど》い指摘《してき》の声に、私は反射的に自分の手の中にあるものを見下ろす。

握りしめているのは、モップと同じ木製の柄《え》だ。だけどその先についているものが違《ちが》うことに、私はようやく気が付いた。

柄の先にあるのは、モップの布ではなく、束ねられた細い木の枝。

私はずっと、箒《ほうき》で水を掃《は》き続けていたのである。

——どうりで、水が掻き出せないと思ったわ……。

雨は降り止《や》まず、ますます浸水《しんすい》のひどくなる床《ゆか》の上。

私は箒を手に、しばし愕然《がくぜん》と立ち尽《つ》くした。

「エレノアさん、どうされました？　なんだかずっと上の空だったようですが」

立ち尽くす私へ気遣《きづか》わしげに声をかけるのは、掃除だからと部屋の片隅《かたすみ》に追いやられた神様だ。彼は水浸しの床を逃れ、雨漏りの比較的《ひかくてき》マシなベッドの上で震えながら、私の様子を窺《うかが》い見ていた。

もちろん、見ると言っても実際に目で見ているわけではない。ただ単に、つるんとした体に私を映しているだけだ。

それでも、なんとなくわかる。神様は私を見上げて——たぶん、心配してくれている。

「考え事ですか？　なにかありました？」

「ええ、まあ……」

なのに私は、心配そうな神様からなんとなく目を逸《そ》らしていた。

視線はどこを見るでもなく下を向く。床の水たまりを映しながら、開く口はどうしてか重たかった。

「その、いろいろありまして……そのことで、実はちょっとお願いがあるんです。来月、丸一日お休みをいただきたくって」

「お休みですか？　それは構いませんが……」

曖昧《あいまい》な私の物言いに、神様の黒い体が小首を傾《かし》げるようにねじられる。

その体勢のまま、彼は別に咎《とが》めるでもなく、ただ少し意外そうにこう尋《たず》ねた。

「なにか、ご用事があるんですか？」

それは、聞いて当たり前のごく自然な問いだった。

神様の声はいつもと変わらず穏《おだ》やかで、やわらかく部屋に響いている。

だけど私は、彼の問いに答えられなかった。

なにか言おうと口を開いたまま、箒を手に息を呑《の》む私の頭に、ぽつんと冷たい雨漏りのしずくが落ちてくる。

「…………」

雨の冷たさが、私の頭を冷やしていく。

降りしきる雨の音を聞きながら、私はこの二週間、どうしてこんなに呆けていたのかを理解した。

――『このこと』を考えないようにしていたんだわ。

エリックとの話し合いが上手《うま》くいけば、婚約破棄《こんやくはき》は撤回《てっかい》される。

私は再びエリックと婚約者同士になり、いずれは結婚することになるだろう。

そうなれば、神の伴侶《はんりょ》である聖女ではいられない。神殿も私が聖女を辞めることを、認めないわけにはいかないはずだった。

近く、私は神殿を出ることになる。

神様を置いて、この部屋からいなくなるのだ。


部屋を雨の音が満たしていた。

エレノアは口を閉ざし、彼もまた黙《だま》り込む。エレノアの掃除の手は完全に止まっていて、物音の一つもしなかった。

ただ、屋根を叩《たた》く雨の音と、天井《てんじょう》から滴《したた》り落ちる雨漏《あまも》りの音だけが響《ひび》き続ける。

それで——なんとなく、想像がついてしまった。

エレノアの『用事』は、きっと彼女の最初の目的に関わることだ。

来るはずのない神殿《しんでん》に来た彼女が、本来の道に戻《もど》るために必要な『用事』が、一か月後に待っているのだろう。

喜ばしい——ことだと思う。エレノアの望みがようやく叶《かな》うのだ。いつだったかこの部屋で語った、楽しみにしていた結婚式を、彼女は今度こそ迎《むか》えられるのだ。

だから、彼女に告げるべき答えは決まっていた。

「…………エレノアさん」

押し黙ったエレノアに、彼は穏やかに呼びかけた。

ざらざらと重たい雨音が響く中、だけどその声は、いつもより少し硬い。

「どうぞ、休んでください。大事な用事なのでしょう？」

「神様。…………ええ、はい」

エレノアは重たげに顔を上げ、しばしためらってから頷《うなず》いた。

その後はまた、部屋に気まずい沈黙《ちんもく》が下りてくる。

この居心地《いごこち》の悪さをどうすればいいのかわからず、彼はぎこちなく身じろぎをした。

――なぜ。

頭には、ぽつりと雨のような疑惑《ぎわく》が浮《う》かぶ。

彼がエレノアを送り出すのは、以前のような諦念《ていねん》からではなかった。

誰《だれ》にでも与《あた》える、慈悲深《じひぶか》くも無情な優しさとも違う。

押し付けられただけの不本意な聖女でありながら、これまで一生懸命《いっしょうけんめい》仕えてくれたエレノアだからだ。

彼にもう一度、騒《さわ》がしさと楽しさを思い出させてくれた彼女だからこそ、報われてほしいと思うのだ。

なぜ、ためらいがあるのだろう。

──なのに、なぜ。

エレノアの望みが叶《かな》ってほしいと本心から思っている。だけど同時に、胸の奥にざらつくような感覚がある。

矛盾《むじゅん》をはらんだ歪《いびつ》な感情が、体の中で渦《うず》を巻く。暗く、醜《みにく》く、重たい、泥《どろ》のような思考が頭から離《はな》れない。

それはこの身を歪《ゆが》ませた、人の穢《けが》れにも似ていた。

雨はざらざらと降り続く。

この雨音は、まだしばらく止みそうにない。

思えば、エリックとの初対面はさんざんだった。

「はじめまして、エリック様。わたくしはエレノア・クラディールと申します」

最初の挨拶《あいさつ》は完璧《かんぺき》だった。この日のために何度も練習を重ねてきた、貴族令嬢の優雅《ゆうが》な挨拶。スカートの端《はし》を軽く摘《つ》まみ、しとやかに頭を下げる私は、まさにお手本のようだった自信がある。

だというのにエリックは、あろうことか口を開くより先に噴《ふ》き出したのだ。

「いい、いい、君の評判は聞いている。気を楽にしてくれ」

おそらくは、父があることあること吹《ふ》き込《こ》んだのだろう。せめて最初だけはという意気込みも虚《むな》しく、私の令嬢らしさは次の瞬間《しゅんかん》に消え果てた。

きっとこのときに、私たちの間に恋《こい》の芽生える可能性は失われ、代わりに互《たが》いに気安い関係が出来上がったのだと思う。

「君は本当に、伯爵令嬢らしくないな」

月に一、二度、顔を合わせるたびに、エリックは私に向けてそう言った。

だいたいの場合は、私が余計な言葉をぽろりと漏《も》らすか、真正面から言い返すかして、おしとやかではいられなかったときだ。

すっかり聞き飽《あ》きた彼の言葉に、私は不満を込めて口を曲げてみせる。

「可愛《かわい》くなくて悪かったわね」

こう返すのも、いつものこと。機嫌《きげん》を損ねた私に対し、エリックが肩《かた》を竦《すく》めるのもいつものこと。

「まあ、それもノアらしくて、悪くないんじゃないか」

そして、いつも通りに告げられるその言葉は、まあそれなりに、嬉《うれ》しくないわけではなかった。

だけど私も私なりに、伯爵令嬢らしくあろうとはしていたのだ。

エリックの好きだと言っていた銘柄《めいがら》のお茶を用意して、王都で名の知れた菓子《かし》を取り寄せて、ちょっとした会話に出た物や名前も覚えて。

いつもよりさりげなく着飾《きかざ》ってから、クラディール伯爵邸《はくしゃくてい》を訪ねてきたエリックを迎え入れる。

「君は本当に、伯爵令嬢らしくないな。気安くて、男友達と話している気分だ」

……うん。

エリックの言葉に私は笑って、それこそ気安く彼の背中を叩く。


結婚は、だから特別だった。

花嫁《はなよめ》なら誰でも、世界一着飾って、世界一可愛くなれる日。

ひるがえる白いドレス。透《す》けるようなヴェールに、頭を飾《かざ》る花々。そのどれよりも輝《かがや》く、花嫁自身。


――お姉様。


花嫁の顔が、かつて見た姉の姿と重なる。

誰よりも強くて、誰よりも頼《たよ》りがいがあって、だけどあの結婚式の日、誰よりも可愛かったお姉様。

公爵閣下《こうしゃくかっか》は姉に見惚《みと》れていた。怜悧《れいり》な閣下の瞳《ひとみ》には、姉の姿しか映っていなかった。他のなにも、目に入っていなかった。

――いいなあ。

花嫁は世界一可愛くて、花婿《はなむこ》にとってのたった一人の特別な相手。

みんながみんな、結婚で幸せになれるわけではないとわかっている。不幸な結婚をすることも、幸せな結婚をしてから不幸になることもある。

それでも、憧《あこが》れずにはいられなかった。夢を見ずにはいられなかった。

私もいつか、姉のようになりたい。誰かを特別に想い、特別に想われる存在になりたい。

可愛くない私が、可愛くなれる花嫁に、なりたい。

――――なんて。

似合わないことは、誰よりも私自身がわかっている。


「――ああああああああ！　もう!!」

神様との気まずいやりとりから、数日後。今にも雨の降り出しそうな曇天《どんてん》の夜のこと。

燭台《しょくだい》の火の揺《ゆ》れる薄暗《うすぐら》い宿舎の自室で、私は手紙をぐしゃりと握《にぎ》りつぶした。

手紙の差出人はエリック。内容は、今後の話し合いに向けた意見、もとい恨《うら》み言である。

姉の手紙以降すっかり風向きが変わったことに、彼はずいぶんと焦《あせ》っているらしかった。

――ざまあみなさい！

とは思えども、手紙であれこれ言われては腹も立つ。アマルダにコロッと騙《だま》されたエリックに、私は怒《いか》りの言葉を吐《は》き出した。

「なーにが『嘘《うそ》つき』よ！　嘘を吐《つ》いているのはアマルダの方なのに！」

世間一般《いっぱん》では、すでに就寝《しゅうしん》する時間帯。私の声は明らかな近所迷惑《きんじょめいわく》だ。

しかし、声を荒《あら》らげるのは止められそうにない。

――いいわ、どうせ隣《となり》は空き部屋だし！　こんなの黙《だま》っていられないわよ！

私を悪《あ》しざまに罵《ののし》り、アマルダを褒《ほ》めたたえ、結婚《けっこん》式の招待客にまであることないこと言っているらしいエリックに、怒《おこ》らない方が難しい。手紙を握りしめる手も、わなわな震《ふる》えるというものである。

「必ず婚約破棄《こんやくはき》を撤回《てっかい》させてやるわ！　これで黙って泣き寝入《ねい》りなんてしたら、私が悪者にされたままじゃない!!」

奥歯を噛《か》み締《し》め、荒く息を吐き、頭の中では泣いて詫《わ》びるエリックを想像する。

未来の光景に思いを馳《は》せれば、口角がいかにも悪そうに持ち上がる。

「こっちにはお姉様がついているのよ！　話し合い、絶対に成功させてやるんだから!!」

それが、神殿《しんでん》を出る結果になるとしても。

その言葉を呑《の》み込み、私は口角を持ち上げたまま表情を歪めた。頭を占《し》めていた怒りが、一気に冷めて消えていく。

代わりに頭に浮かぶのは、これまでの神殿生活のことだった。

——……そりゃあ、神様を残していくことになるけど。

残された神様のことは、たしかに気になる。私がいなくなった後のことを考えもする。食事のことや、身の回りのこと、あの小さな部屋での生活を思うと、胸を刺《さ》すようなためらいがある。

神殿での生活は、嫌《いや》なことも山ほどあったけれど、思い返すと良かったことも意外と多い。神様がいて、リディアーヌがいて、ルフレ様やマリやソフィがいて、馬鹿《ばか》な話をして、大騒《おおさわ》ぎをして——楽しかった。

神様と過ごす時間は、自分でも驚《おどろ》くくらいに心地《ここち》がよかった。

だけど、やっぱり私は代理聖女なのだ。

あくまでもアマルダの代理で神殿にいるだけの、一時的な偽《にせ》聖女。聖女を続けるか神殿を出るかの選択肢《せんたくし》が与《あた》えられたら、迷わず神殿を出る方を選ぶくらいに。

姉は強引だけど、話を聞かない人ではない。私が待ってほしいと言えば待ってくれるし、神殿に残りたいと言ったら、きっとそれはそれで協力してくれただろう。

そうと知っていて、私は姉を止めるようなことはしなかった。進んでいく話し合いに制止を掛けることは、一度もなかった。

——仕方ないじゃない。本気の夢なんだもの。

結婚は、私の夢だった。聖女に選ばれなかった私が、胸に抱《いだ》いた新しい夢。楽しみにしていた。時間をかけて準備してきた。その日を、それこそ何度も夢に見た。諦めることなんてできない。泣き寝入りなんて絶対にしない。夢を踏《ふ》みにじられて、やられっぱなしなんかではいられない。

だって私は、かわいそうな顔で傷ついた姿を見せたって、慰《なぐさ》めてもらえるような可愛い女の子ではないのだから。

「……見てなさいよ」

ぽつりと言葉を吐くと、私は思い切り息を吸い、勢いよく顔を上げる。

こぶしを握り締め、天井《てんじょう》を見据《みす》える私の表情は不敵だ。我ながら可愛げのない笑みを浮《う》かべながら、吐き出すのは顔以上に可愛くない叫《さけ》び声だった。

「エリック！　明日《あした》はギッタギタにしてやるわ！」

エリックとの話し合いは、明日。

ぽつりと降り出した雨の音が、長い雨を予感させた。

……………思えば。

母との最初の記憶《きおく》も雨の日だった。

母にあやされた記憶ではない。手を引かれた記憶でもない。あるいは、悪いことをして叱《しか》られた記憶ですらもない。

しっとりと長い雨の降る日。私が四歳になったばかりの朝。

雨に濡《ぬ》れた、墓地でのことだった。

「ほら、手を組みなさい」

三年前に死んだ母のために、祈《いの》るようにと父が言う。父の横には兄がいて、姉がいて、姉に手を引かれる私がいて、アマルダがいた。

アマルダと、彼女の両親であるリージュ男爵《だんしゃく》夫妻が、私たちと一緒《いっしょ》に母の死後の幸福を祈っていた。

「ありがとう、我が友。アマルダも」

祈りを終えた父が、男爵夫妻とアマルダに向けて力ない笑みを向ける。男爵夫妻は何事か慰めの言葉を口にしていたはずだ。父はそれに軽く応《こた》え――それから。

「アマルダ、お前は本当に心の優しい子だ」

夫妻の隣のアマルダにしゃがんで目線を合わせ、優しく声をかけた。

「妻《あれ》はお前を、本当の娘《むすめ》のように可愛《かわい》がっていた。お前が祈ってくれて、今ごろ天国で喜んでいるはずだよ」

それはきっと、世間話の一つ。よくある他人への口上だったのだろう。

深い意味はない。きっと父自身も、深く考えて口にしたわけではないのだと、今ならわかる。

「……………嘘だからね」

だけど、冷え冷えとした雨の中。

アマルダと向かい合う父の背を見て、ぎゅっと姉の手を握りしめる私に、姉は気付いていた。

「信じちゃダメよ、エレノア。お母様はちゃんと、アマルダより私たちを愛してくれたんだから」

母の記憶のない私に、あのときそう言ってくれたのは、まだ七歳の姉だけだった。

「だから、こんなことで泣くんじゃないわ。気にしないで、前を見ていなさい」

どうせ泣いたところで、誰《だれ》も気にかけてはくれないんだから。

姉が言わないでいてくれた言葉を、たぶんこのときの私は、もうわかっていた。

4章◆停滞、前進、変化

やはり今日も、朝から雨だった。

古びた小屋の屋根を打ち付けるように、雨は絶え間なく降り注ぐ。いつもよりも早くに眠《ねむ》りから覚めたのは、大粒《おおつぶ》の重たい雨音のせいだろう。

寝慣《ねな》れたベッドの上で、彼はしばしば雨の音を聞いていた。雨のせいか重たい体を横たえたまま、視線は何気なく窓へと向かう。

見えるのは、雨雲に覆《おお》われた暗い空だ。窓を雨粒が叩《たた》き、外の世界を歪《ゆが》ませる。普段《ふだん》であれば見られるはずの陽光も、今は雲越《ご》しにわずかな明かりを残すのみだ。光の入らない部屋はいつも以上に薄暗《うすぐら》く、初夏なのに冷え冷えとした空気が満ちていた。

——燭台《しょくだい》に火を入れるべきだろうか。

半ば眠ったような心地で、彼は部屋に据《す》えられた燭台を見る。まだ燭台に小さな蠟燭《ろうそく》が残っているのを確認すると、気を抜《ぬ》くと落ちてきそうなまぶたを擦《こす》り、両手をついてベッドから立ち上がった。

火打石はどこだっただろう。日常的に使用するものは、エレノアが気を使って彼の手の届く場所に置いてくれている。ならば棚《たな》の下段あたりだろうかと、彼は探る視線を下へと向けた。

眠い目が、特に違和感《いわかん》もなく目当てのものを捉《とら》える。当たり前のように足を向け、当たり前のように足を踏み出し、一歩、二歩と歩き出す。

足に触《ふ》れるのは、ひやりとした床《ゆか》の感触《かんしょく》だ。初夏というよりは、まだ冬の明けきらぬ春を思わせる。

――今日はずいぶんと冷える。人間は寒さに弱いから、暖炉《だんろ》にも火を入れて暖かくしておいた方がいいだろう。

エレノアが来る前に――そこまで考えて、はたと足が止まった。

――そうだ、エレノアさんは……。

今日、彼女はここへは来ない。ひと月ほど前に、『用事』があるから休みがほしいと言っていた、その日が今日だ。

忘れていたつもりはなかった。彼女の休みを承諾《しょうだく》したのは彼自身なのだ。だというのに、気が付けばエレノアが来るものとして考えていた。

昨日と同じように今日も彼女と顔を合わせるのだと、無意識に思い込んでいた自分に、彼は苦々しさを込めて首を振《ふ》る。

――彼女が来るのが、当たり前になってしまっていたから。

朝起きてエレノアを待つことに、いつの間に慣れきっていたのだろう。

孤独《こどく》の時間の方がはるかに長かったはずなのに、あの扉《とびら》を開けてエレノアが駆《か》けこんでこないことを、奇妙《きみょう》に思う自分こそが奇妙だった。

棚に向かう足は完全に止まっていた。

ざらざらと雨が小屋を叩いている。

雨に釣《つ》られるように顔を上げれば、目に入るのは影《かげ》の落ちた部屋の光景だ。

起きたばかりのベッド。火打石の置かれた棚。二人掛《ふたりが》けのソファに、二人分の椅子《いす》。いつも向き合って食事を摂《と》る丸テーブル。

彼女が狭《せま》い狭いと文句を言う部屋も、一人だと少し広い。

だけど、彼女が来る前はもっと広かった。

朽《く》ちた家具と埃《ほこり》にまみれ、足の踏《ふ》み場すらなくとも、彼にとっては寒々しいほどに空虚《くうきょ》な空間だった。

その空虚さを、彼女は埃とともに追い払《はら》ってしまった。

代わりに部屋に満ちたのは、慌《あわ》ただしくて落ち着かない毎日だ。

扉を開ける音。明るい挨拶《あいさつ》。静寂《せいじゃく》を踏みにじる足音に、色づくような笑い声。

静けさを好む彼にとって、彼女との日々は少しばかり騒々《そうぞう》しすぎた。いつも振り回されて調子を乱され、ときどきこちなく顔を向け合っては知らない感情に戸惑《とまど》わされる。

そんな日々を、彼は嫌《いや》だとは思わなかった。

こんな日々が、続いていくのだと漠然《ばくぜん》と思っていた。

彼女が本来の聖女に役目を押し付けられ、身代わりとしてやってきた聖女だと知っていたはずなのに。

「……エレノアさん」

どんな感情で彼女の名前を口にしたのか、彼自身もわからない。ため息を一つ落とすと、彼は棚の下段に置かれた火打石を今度こそ手に取った。

とにかく、まずは燭台に火を入れよう。ついでに茶を淹《い》れて目を覚まそう。そう思いながら、同じ手で棚の上の茶器に手を伸《の》ばす。エレノアでさえ、背伸びをしても届かない位置だ。

そこに手が届くことに、彼は疑問を覚えない。

自分が手を伸ばしていること、二本の足で立っていること、無いはずの体を得て、見えないはずの目で周囲を見回し、ため息を吐《つ》く口があることを、彼は当然のように受け止める。

『御身《おんみ》が望めば、叶《かな》わぬことなどありません』

アドラシオンの言う通り、彼が望んで叶えられないことはほとんどなかった。

体があると思えば、『ある』。見えると思えば、『見える』。紅茶を淹れようと思えば、誰に習うこともなく『淹れられる』。
そして、変わりたくないと思うのであれば、変わらずにもいられるのだ。
「いずれ来る日だと、わかっていたはずだろうに」
手の中の茶器を見下ろして、彼はぽつりと呟《つぶや》く。
今ごろ、エレノアは話し合いをしているのだろうか。上手《うま》くいっているだろうか。
エレノアの望む形に収まってほしい。そう思う心は、今も変わらない。
一方で、胸の奥は淀《よど》んでいた。暗く淀んだ己《おのれ》の感情と、受け止めた穢《けが》れの境界が曖昧《あいまい》に
なっていくような心地《ここち》がする。
話し合いに成功してほしいと、本心から思っているのかわからなくなる。
彼が望めば、どんなことでも叶えられる。
だけど、なにを望めばよいのだろう。
この穢れにも似た感情は、いったいなんなのだろう？
答えはわからないまま、静かな部屋に、雨の音だけが重たく響《ひび》き続けていた。

——よし。よーし……！

神様に丸一日休みをもらい、決戦に挑《いど》む雨の朝。

私は宿舎の自室で姿見に向かい、大きく息を吸い込んだ。

「ドレスよし！　髪型《かみがた》よし！　化粧《けしょう》よし！」

姿見に映るのは、朝早くから時間をかけて身支度を整えた私自身だ。

ドレスは伯爵《はくしゃく》家から持ってきた、一番のお気に入りのもの。手間をかけて結い上げた髪に、久しぶりに髪飾《かみかざ》りも差している。

気合を入れるため、化粧は思い切って濃《こ》いめにした。爪《つめ》の先には色を乗せ、靴《くつ》は歩きにくいからとしまい込んでいたハイヒールを引っ張り出した。

その格好で、姿見を前に右を向き、左を向き。頭からつま先まで一分の隙《すき》もないことを確認してから、私は大きく頷《うなず》いてみせる。

「ばっちり！　完璧《かんぺき》だわ！」

今の私は、どこからどう見ても完璧な伯爵令嬢《れいじょう》だ。口の端《はし》を持ち上げれば、姿見の中の私が不敵に笑う。

気合十分。迷いもなし。私は再び大きく息を吸い、両手でぱちんと頬《ほお》を叩いた。

今日は決戦の日。待ちに待ったエリックとの話し合いに向け、準備はすっかり整っていた。

——大丈夫《だいじょうぶ》よ。やれることはやったわ。

姉の手紙から約一か月。私はこの間に、できることのすべてをしてきたつもりだ。

父とは綿密に連絡《れんらく》を取り合った。それまでの気弱な態度から様変わりし、公爵家の威光《いこう》にひれ伏《ふ》した父は、今や完全な私の味方である。

『そもそも、この婚約《こんやく》はセルヴァン家とクラディール家双方《そうほう》で取り決めたものなのに、彼個人の一存で一方的に婚約破棄《はき》するとは何事だ。それで慰謝料《いしゃりょう》を要求するなど、あまりにも身勝手すぎる。いったい彼はなにを考えているんだ』

などと手紙に怒《いか》りを書いてきたけれど、それはこれまで私がさんざん父に訴《うった》え続けてきたことである。

——まあでも、文句を言うのはすべて終わってからよ。

父への恨みはさておき、エリックの両親であるセルヴァン伯爵夫妻とのやりとりも順調だった。

もともとセルヴァン伯爵夫妻は、息子《むすこ》の一方的な婚約破棄を苦々しく思っていたのだ。結婚間近で婚約破棄など外聞が悪いから、なんとか和解をしたいということで、私と一緒《いっしょ》にエリックの説得に応じてくれるという。

もちろん、今日のために姉からもいろいろと助言をもらっている。これで失敗するなんて考えられなかった。

——絶対に上手くいくわ。だって、こんな有利な状況《じょうきょう》なのよ。お父様も、セルヴァン家のおじ様とおば様も、お姉様も、みんな私の味方なのよ！

今日の話し合いに参加する四人のうち、父とセルヴァン伯爵は私の味方で、説《と》き伏せる相手はエリック一人。実質、三対一の話し合いともなれば、もはや勝負は決まったと言っていい。

「やってやるわ！　絶対に結婚の準備を無駄《むだ》にさせないわよ！」

予定していた結婚式の日には間に合わないけれど、ドレスや指輪はなくならない。大急ぎで準備をすれば、きっと初夏のうちに式を挙げることもできるはず。

しかしそれもこれも、すべては話し合いが成功してからの話。

話し合いに向け自分を奮い立たせようと、私は理想の結婚式を想像する。

初夏の日差し。周囲を飾《かざ》る花々。白いドレスを着た私を、姿見の自分に重ね――。

「…………」

重ならない自分が、姿見の中で呆《ほう》けたように瞬《まばた》いていた。

今まで何度も思い描《えが》いたはずの結婚式の光景が、上手く頭に浮《う》かばない。

――……いえ。

姿見から視線を逸《そ》らし、私は小さく頭を振《ふ》った。

――だからどうしたというの。

私はこの結婚を、ずっとずっと楽しみにしてきたのだ。

憧《あこが》れの結婚式。幸せな花嫁《はなよめ》。これから夫婦となる花婿《はなむこ》。この日だけは、世界で二人だけが主役になる。一生に一度の、きらめく瞬間《しゅんかん》。

光景の代わりに言葉を並べて無理やり顔を上げると、私はこぶしを握りしめた。

「さあ、泣かせてやるわよ！」

そう、泣かせてやれるはずだった。

私の方が、絶対に有利だった。

神殿《しんでん》内の一室。話し合いのために借りていた、小さな部屋に入るまでは。

私が部屋に入ったときには、すでに全員が揃《そろ》っていた。

神様の部屋よりは少し広い、来客用の応接室。南向きに窓の取られた部屋に、置いてあるのは小ぶりなテーブルと、テーブルを挟《はさ》んで置かれたソファだけだ。

入り口に背を向け、ゆったりとしたソファに腰《こし》かけるのは、父、エリック、セルヴァン伯爵。三人の男たちは、扉《とびら》を開けた私に誰一人《だれひとり》振り返ることはなかった。

ガチャリと扉を開ける音は聞こえていたはずだ。だけど誰もが耳に入らない様子で、一点を見つめている。

彼らの視線の先にいるのは、呼んでいないはずのもう一人の人物だった。

入り口から真正面。南向きの窓を背にしたソファに腰を掛《か》け、見覚えのある少女がくすくすと笑っている。

三人の視線を一身に集めるその姿に、私はめまいがした。

「……………どうして」

この話し合いのために、ずっと準備をしてきた。

参加するのは四人だけ。外聞の悪い話であるだけに、直接関係のない人間は呼ばないようにと、クラディール家とセルヴァン家で、互《たが》いに約束したはずだ。

だから今回は、姉にさえ参加を控《ひか》えてもらっていたのに。

「どうしてアマルダがここにいるのよ!!」

こちらに背を向け、アマルダを見つめて笑う三人の姿に、私は震《ふる》える声を上げた。

絶対に上手くいく――と、もう一度思うことはできなかった。


発端《ほったん》は、今より数刻前。

まだ朝も早い、最高神グランヴェリテの屋敷《やしき》の応接室でのことだった。

「いやはや、まったくもって腹立たしい！　王家の連中にはたまりませんな！」

最高神に相応《ふさわ》しい豪奢《ごうしゃ》な部屋に響くのは、でっぷりと太った肉厚な神官の声だ。降りしきる雨音などものともしない大声で、彼は怒りの言葉を吐《は》く。

「ちょっと穢《けが》れが出たからと神殿に疑いを向けるなど、なんと不敬な連中でしょう！　神々のご加護が薄《うす》れている？　だから神殿に穢れが出た？　まったく、冗談《じょうだん》ではありません！　今この神殿には、アマルダ様がおられるのです！　グランヴェリテ様のご寵愛《ちょうあい》を一身に受けるアマルダ様がいては、他の神々も張り切りましょう！　ご加護はいっそう増していくばかりでしょうに!!」

「もう、レナルド様ったら、寵愛だなんて……」

演説めいた神官の言葉に、アマルダは応接室のソファの上で苦笑した。

この顔見知りの神官は、いつも少し大げさすぎる。アマルダを慕《した》い、言葉を尽《つ》くして褒《ほ》めてくれるのは嬉《うれ》しいけれど、たまに聞いていて照れ臭《くさ》くなってしまう。

「言いすぎよ、困るわ」

「いえいえ、言いすぎなどではありません！」

頬を染めて首を振れば、すぐさま否定の言葉が飛んでくる。

今度の声は、演説中の太った神官――レナルドのものではない。アマルダの座るソファの近くに控えていた、別の神官のものだ。

「アマルダ様こそは、グランヴェリテ様が千年の歴史の中でただおひとり聖女にと選ばれたお方。ご寵愛の深さは計り知れません！」

「唯一《ゆいいつ》無二の最高神の聖女ともなれば、他の神々にとっても特別でしょう！　グランヴェリテ様はもちろんのこと、アドラシオン様やルフレ様だって、アマルダ様には目をかけていらっしゃるに違《ちが》いありません！」

「神々のご加護は、もはやアマルダ様のためのもの。ああ、アマルダ様のためにお力をふるえる神々が、私は羨《うらや》ましい……！」

ソファの近くに控えるのは、一人だけではない。アマルダに声をかけようと様子を窺《うかが》っていた何人もの神官たちが、これを好機とばかりに次々と口を開く。

力強く熱っぽい彼らの言葉に、アマルダは再び苦笑した。

彼らはアマルダの顔見知りの神官たちだ。みんなとても親切で、最高神の聖女であるアマルダのことをよく気にかけてくれていた。

なにか心配ごとはないか、必要なものはないか、やってほしいことはないか――そう言って屋敷まで訪ねてくる神官たちで、応接室は人が絶えない。見慣れた賑《にぎ》やかな光景に、アマルダは困った顔で首を振った。

「私のために加護があるなんて……。私はただ、グランヴェリテ様に一生懸命《いっしょうけんめい》お仕えしているだけよ。あの方がお力をふるいやすいように、お手伝いさせていただいているだけなんだから」

「おお……！」

アマルダの言葉に、レナルドが感極まったように声を上げた。

「なんと謙虚《けんきょ》な……お優しく心清らかで、これこそ真の聖女というものですな！」

彼が震える声でそう言えば、周囲の神官も頷《うなず》き合う。

「ええ、ええ、レナルド様のおっしゃる通り！　アマルダ様ほど素晴らしい聖女は、どれほど過去にさかのぼっても見つけられません！」

「アマルダ様がいるというのに、神殿に間違《まちが》いがあるはずはありません！　どうにかして、このことを王家にわからせるしかありませんね！」

「やはりここは、聖女としての威光《いこう》を示すべき場を用意するべきでは？　神殿を挙げての祝祭を開き、アマルダ様の素晴らしさを広く知らしめるのです！」

レナルドに先を越《こ》されまいと、神官たちは口々にアマルダを称賛《しょうさん》する。

競い合うような彼らの賛辞に、アマルダは内心で小さくため息をついた。

――ほんと、神官様たちには困っちゃうわ。私はグランヴェリテ様の聖女なのに。

どれほど言葉を与《あた》えられても、アマルダはすでに最高神たるグランヴェリテのもの。公《こう》爵《しゃく》よりも、国王よりも偉大《いだい》な存在の伴侶《はんりょ》なのだ。

屋敷に神官が集まることを、快く思わない人がいることは知っている。特に、アマルダに親切にしてくれる人にはたまたま若い男性の神官が多いため、中には『浮気者《うわき》』だとか、『男を侍《はべ》らせている』なんて言う意地悪な人もいるという。

だけど、浮気なんてとんでもない。彼らの親切にお茶を出し、楽しくおしゃべりをしたところで、すべてはそこまで。アマルダの心が神官たちに揺《ゆ》らぐことはありえない。

それでもなお、我先にと神官たちはアマルダを褒めちぎる。まるで届かぬ高嶺《たかね》の花へ必死に手を伸《の》ばすかのように、どうにかして歓心《かんしん》を買おうと言葉の限りを尽くす神官たちの姿に、アマルダはいつの間にか目を細めていた。

彼らを蔑《さげす》みたいわけでは決してない。馬鹿《ばか》にするつもりなんて毛頭ない。

ただ悪意なく、無意識の笑みが口に浮かんだとき——。

不意に、応接室の扉が叩《たた》かれた。

アマルダを称《たた》える言葉で埋《う》め尽くされる室内に向け、扉の外から、屋敷に仕えるメイドが遠慮《えんりょ》がちな声で呼びかける。

「アマルダ様。セルヴァン伯爵《はくしやく》家のご子息の、エリック様という方が訪ねておいでです。至急、お話ししたいことがあるとのことですが——」

——エリック？

微笑《ほほえ》みを浮《う》かべたまま、アマルダは瞬《まばた》いた。

メイドが告げたのは、予想もしていなかった名前だ。

エリック・セルヴァン伯爵令息……。

——って、誰だっけ？

「——ああ、エリック様！　ノアちゃんの婚約者《こんやくしゃ》の！」

思い出したようにそう言って、アマルダはぱちんと顔の前で両手を叩き合わせた。

彼女の顔に浮かぶ、愛らしくも親しげな笑みを見て、エリックは内心でほっとする。

——忘れられていたのかと思った……。

久しぶりにアマルダに会えると、意気揚々《いきようよう》とやってきた最高神グランヴェリテの屋敷で、最初に彼女の表情を見たときはぎくりとした。

応接室には客がいるからと、案内された貴賓室《きひん》。緊張《きんちょう》しながら待つ彼のもとに現れたアマルダは、いかにも訝《いぶか》しげな顔だったのだ。

——まさか、覚えていないのか？

そう疑いたくなるような、『誰《だれ》だっけ』と言わんばかりのアマルダの様子に、しかし不安を覚えたのは束《つか》の間だ。

いくつか言葉を交わせば、彼女の顔からはすぐに訝しさが消えて、見慣れた気安さのある微笑みへと変わっていった。

「ごめんなさい、忘れていたわけではないんですけど……。エリック様、前に会ったときと少し雰囲気《ふんいき》が違ったから」

「いえ、いいんですよ」

そして現在。親しさと申し訳なさをないまぜに、己《おのれ》を見上げて謝罪するアマルダへ、エリックは苦笑しながら首を振《ふ》る。

雰囲気が違う、と言われてしまえば、エリックとしても悪い気はしなかった。事実彼は、今日のために相当気合を入れてきたのだ。

ただ一度だけ会ったアマルダが、そのことに気付いてくれたのが嬉しかった。それだけ自分のことをしっかりと覚えていてくれたのだと思うと、頬《ほお》が緩《ゆる》むのを止められない。

にやついた笑みを誤魔化《ごまか》さなければと、エリックはアマルダから視線を逸《そ》らして強引に話題を切り替《か》える。

「それより、『エリック様』というのをやめていただけませんか？　最高神の聖女であるアマルダ様に言われてしまうと、落ち着かなくて」

「まあ！　それなら私も、『アマルダ様』をやめていただかないと！　……なんてね。呼び捨てにしたらノアちゃんに悪いわ。だってエリック様、ノアちゃんの婚約者でいらっしやるのでしょう？」

だが、浮《うわ》ついていられたのはそこまでだ。アマルダの口から出た『ノア』という言葉に、緩み切った頬が一気に強張《こわば》った。

「……あなたが悪く思うことなんてありませんよ、あんなやつ」

アマルダにそう答えると、エリックは感情を殺すように奥歯を噛《か》んだ。

きつく手を握《にぎ》り込んでも、表情が歪《ゆが》むのは止められない。エレノアの名前を聞くだけで、胸に不快感が湧《わ》き上がる。

これから、あの卑怯者《ひきょうもの》と話し合いをすると思うと、怒《いか》りではらわたが煮《に》えくり返りそうだった。

「エリック様、どうされたんです、そんな怖《こわ》い顔をして……。ノアちゃんのことで、なにかあったんです？」

怒りに言葉さえも出ないエリックを、アマルダは小首を傾《かし》げて見上げてくる。

「もし、なにかあったのなら……そうだ！　私でよければ相談に乗りますよ！　だってノアちゃんは私の親友で、エリック様はその婚約者様だもの。ノアちゃんのことなら、親友として力になってあげなくっちゃ」

妙案《みょうあん》と言いたげに両手を握るアマルダの表情は無邪気《むじゃき》だ。なんの裏もなく、ただ親友を想うアマルダに、エリックの心は余計にかき乱される。

――アマルダ様は、まだノアを友達と思っているんだ。

親しげに『ノアちゃん』と愛称《あいしょう》で呼び、あんな女にまで気を使っているのだ。

エレノアは、そんなアマルダの優しさを踏《ふ》みにじったのだ。

ただ自分が聖女になるために。そして今は、身勝手にも聖女を辞めるために。あの女は本当の聖女を貶《おとし》めようとしているのだ。

「…………いいえ、アマルダ様」

痛むほどに両手を握りしめ、エリックは静かに声を出した。

煮えたぎるような怒りは消えないが、もう声は震《ふる》えない。

「僕はもう、エレノアとは婚約していません」

心底驚《おどろ》いたように瞬くアマルダに、覚悟《かくご》は決まっていた。

――僕が、守らなければ。

アマルダはあまりにも純粋《じゅんすい》すぎる。エレノアの本性を知らず、疑うこともなく親友だと信じ、力になろうと懸命《けんめい》になる彼女は、この世界で生きるにはあまりに優しすぎる。

彼女を傷つけるわけにはいかない。悲しませるわけにはいかない。穢《けが》れを知らない純真な心を、醜《みにく》い悪意の犠牲《ぎせい》にしてはならない。

だから、守らなければいけないのだ。

この清らかな聖女を、自分の手で、絶対に。

「今日は、その話をするためにアマルダ様に会いに来たんです。どうか、僕と一緒《いっしょ》に来てください。あの女の卑劣《ひれつ》な企《たくら》みを止めるために――」

話し合いは終わった。

信じられないくらいに、あっという間に終わってしまった。

「――いやあ！　そうかそうか、アマルダはルヴェリア公爵とも親しかったんだな！　思い返せば、お前はうちのマリオンともよく遊んでいたし、その夫である公爵と仲が良いのも当然か！」

アマルダの右隣《みぎどなり》に座り、父がどこかほっとしたような声で笑う。

「公爵《こうしゃく》家と争いになったらどうしようかと思っていたが……アマルダが公爵へ手紙を書いてくれるなら安心だ！　こうも平和的に解決ができるのも、すべてはアマルダのおかげだな。誰も傷つかないようにとりなしてくれて、本当にお前は、昔から心の優しい子だよ」

「まったくです、クラディール伯爵。いやはや、意気込んできたというのに、まさかこんな結果に終わろうとは。わからないものです」

アマルダの左隣では、セルヴァン伯爵も笑いながら首を振る。

「それもこれも、アマルダ様のおかげですね。今日ここでお会いするまで、片方だけの意見で決めつけて、悪い印象を持っていた己《おのれ》が恥《は》ずかしい。こうも思慮深《しりょぶか》くお優しい方でいらっしゃるとは……」

やはり最高神に選ばれるだけのことはある、とセルヴァン伯爵が言えば、二人の間に挟《はさ》まれたアマルダが困ったように目を細める。

口々の称賛《しょうさん》が、少し気恥《きは》ずかしいのだろう。居心地《いごこち》悪そうに小さな体を竦《すく》め、彼女は両手を顔の前で振った。

「そんな……私のおかげなんて……。たまたま私が、公爵様とお友達だっただけです。だから、ちゃんと私からお話をするべきだって思っただけで……」

「クラディール伯爵、父上、あまり言いすぎないでくれませんか。アマルダが困っていますよ」

そんなアマルダを守るように、口を挟むのはエリックだ。彼はアマルダのソファの手前に立ち、まだ話し足りない父親たちに肩《かた》を竦めてみせる。

「まあ、褒《ほ》めたくなる気持ちはわかりますけどね。僕の言った通り、本当に心の優しい子でしょう、アマルダは。直接会って話せばわかるって何度言っても、父上は信じなかったけど」

ちくりと刺《さ》すような息子《むすこ》の言葉に、セルヴァン伯爵《はくしゃく》は「うむ」とばつが悪そうに顔をしかめた。それを見て、アマルダがくすくすと笑う。エリックと父もつられて笑えば、セルヴァン伯爵の表情も苦笑いに変わる。

部屋に満ちるのは和やかな空気だ。婚約破棄《こんやくはき》と慰謝料《いしゃりょう》に関する家同士の話し合い、という名目で集まったとは思えないほど、四人の間には親しげな雰囲気がただよう。

それを私は、呆然《ぼうぜん》と眺《なが》めていた。

「これで、ルヴェリア公爵の件は解決ですね。婚約と慰謝料の話も決着。あとは――」

立ち尽《つ》くす私には目もくれず、エリックは勝手に話をまとめていく。

婚約は破談。慰謝料はアマルダに免《めん》じて不要とし、ルヴェリア公爵にはアマルダから手紙を出して、真相を話すという。

真相というのは、アマルダが主張する『私が自分から聖女になりたがった』という話だ。元は私が聖女になりたがり、アマルダに頼《たの》んで無能神の聖女の座を譲《ゆず》ってもらった。なのに、無能神の醜さに耐《た》え兼《か》ね、アマルダに責任を押し付けて逃《に》げようとした。私と仲のよい姉がその事実を知らないはずはない。二人して共謀《きょうぼう》し、最高神の聖女を悪役に仕立てようとしたのだ――と。

アマルダが泣きそうな顔で訴《うった》えた主張を、エリックもセルヴァン伯爵も信じきっていた。私が押し付けられただけと知っている父も、神殿《しんでん》の権力のためかアマルダ可愛《かわい》さのためか、あるいは本気で『一理ある』とでも思っているのか、口を挟もうとしなかった。

私の言葉は一つとして聞き届けられず、結局アマルダの言葉だけが真実となった。

「――最後に、エレノアの処遇《しょぐう》ですが」

そう言うと、エリックはようやく私に視線を投げかけた。

私を見据《みす》える彼の顔に浮かぶのは、アマルダに向ける優しい表情とはまるで違う。不快感と侮蔑《ぶべつ》の入り混じる、冷たい表情だった。

「……アマルダの優しさは素晴らしいけど、優しすぎるのも困りものですね。これからは誠意をもって、心から無能神に仕えてくれればいい、だなんて」

その視線も、すぐにアマルダへと戻《もど》される。

私のことなど見たくもないと言いたげに顔を背け、そのくせ口だけは不愉快《ふゆかい》そうに、彼は私のことを語り続けた。

「ノアにとってはそれが一番の罰《ばつ》になる、というのもわかりますが。ノアの姉のことだって、ルヴェリア公爵に真実を話すだけ。まあ、公爵家の名前を勝手に使って不当に最高神の聖女を貶めようとしたんだ。この話をすれば離縁《りえん》は免《まぬか》れないだろうが、それにしたって――」

「エリック」

挙句、エリックの言葉を止めたのは、よりにもよってアマルダだ。

「そんなこと言わないで。ひどい罰なんて私は望まないわ」

部屋に響《ひび》く鈴《すず》のような声に、エリックが口をつぐんで振《ふ》り返る。他の二人も思わず目を奪《うば》われたと言うように、アマルダに視線を向けた。

部屋中の視線を一身に集めて、アマルダはゆるりと首を振る。亜麻色《あまいろ》の髪《かみ》がふわりと揺《ゆ》れる様子に、男たちが息を呑《の》むのがわかった。

「たしかにノアちゃんは嘘《うそ》を吐《つ》いたけど……それもきっと、ただエリックと結婚《けっこん》したかっただけなのよ。悪意があったわけじゃなくて、掛《か》け違ってしまっただけ。ノアちゃんだって、こんな大事《おおごと》にするつもりはなかったと思うわ」

言いながら、アマルダは椅子《いす》からゆっくりと立ち上がった。

名残惜《なごりお》しそうな男たちの視線を背に、彼女が向かう先は真正面。

立ち尽くす私の許《もと》へと、小走りに駆《か》けてくる。

「ノアちゃん」

アマルダは私の目の前で立ち止まり、いかにも親しげに名前を呼んだ。

彼女の顔に浮《う》かぶのは無邪気《むじゃき》な微笑《ほほえ》みだ。青い瞳《ひとみ》は曇《くも》りなく、私をまっすぐに見上げている。

「私はわかっているわ。ノアちゃんの気持ち。ノアちゃんが、どうしてこんなことをしちゃったのか」

アマルダの瞳には、私の姿が映り込んでいた。

『今の私の顔』を映していながら、アマルダの目はどこまでも澄《す》んでいた。

悪意もなく、後ろめたさもない。あるのはただ、親しさと――ほんの少しの哀《あわ》れみだけだ。

「だから私、ノアちゃんを責めない。だって私たち、親友だもの。――そうでしょう、ノアちゃん？」

アマルダはそう言って、私に向けて手を伸《の》ばした。

疑うことを知らない、白くて細い手は、ためらいもなく私の手を握《にぎ》ろうとして――。

「――触《さわ》らないで！」

触《ふ》れられるよりも先に、私はその手を思い切り振り払《はら》った。

パシン、と大きな音が部屋中に響き渡《わた》る。

エリックたちの驚いた目が私に向かうけれど、そんなこと気にしてはいられなかった。

「親友だなんて、よくもそんなことが言えたわね！　よくも……！」

口から出る声は震《ふる》えていた。

表情が歪《ゆが》み、目の奥の熱をこらえられない。

それでも絶対に涙《なみだ》はこぼすまいと、私は必死に奥歯を噛《か》む。

――落ち着いて。冷静になるのよ……！

ここでアマルダを責めるのは悪手だ。アマルダはなにも、悪いことは言っていない。それがどれだけ無神経な言葉だとしても、そんなことは言われた本人にしかわからない。

悪くないアマルダを責めれば、疎《うと》まれるのは私の方だ。傷ついた顔をしたところで、誰《だれ》が同情してくれるわけでもない。泣いても喚《わめ》いても、私ではアマルダの涙ひとつに敵《かな》わない。


だから絶対に、アマルダに対して感情的になってはいけないのだ。

姉からもさんざん忠告されていた。私自身、そのことはよく知っている。

感情的になっても、結局『かわいそう』なのはアマルダなのだ、と。


——でも……！


今、目の前。

私に振り払われた手を、自分こそが傷ついたというように握りしめる彼女に、頭の中がかき乱される。

「どうしてそんな顔ができるの！　あなたのせいじゃない！　全部、アマルダが悪いんじゃない！」

「ノアちゃん……」

アマルダはかすれた声で呟《つぶや》き、よろめくように足を引いた。

アマルダの顔は青ざめていた。眉根《まゆね》を寄せ、視線を伏《ふ》せ、そのままかすかにうつむけば、彼女の頬《ほお》に涙が光る。

こぼれ落ちる涙に、はっとしたように男たちが立ち上がるのが、視界の端《はし》に見えた。

「ノアちゃん、ごめんなさい。そうね……そうよね。私のせいだわ。私が聖女にならなければ、ノアちゃんは嘘を吐かなくても良かったのに……」

「アマルダ、君が謝る必要はない」

ぽろぽろと涙をこぼすアマルダの許へ、エリックがすぐさま駆け寄って声をかける。

目の前に立つ私には見向きもしない。彼の優しい視線も優しい声も、全部アマルダのためのものだ。

「君はなにも悪くない。全部ノアの逆恨《さかうら》みじゃないか。逆恨みして嘘を吐くような相手に、君が謝らないでくれ」

「嘘を吐いたのはアマルダの方よ！　どうしてわからないの！」

アマルダを慰《なぐさ》めるエリックの背中へ、私は荒《あら》い声を上げた。

眉間《みけん》に深く皺《しわ》を寄せ、目にきつく力を込め、唇《くちびる》は強く嚙む。

そうでもしなければ、崩《くず》れ落ちてしまいそうだった。

「どうして？」

そんな私に、エリックはうんざりとした息を吐く。

私の表情には気が付いているだろうに、彼の態度には、アマルダに向けるような優しさは一切ない。

歪んだ顔で目をうるませる私へ、彼が向けるのは蔑《さげす》みだけだ。

「君が信頼《しんらい》できないからだ、ノア。君の言葉には、アマルダのような本心が感じられない。君のことをずっと気遣《きづか》うアマルダと、さっきから自分のことばかりの君――どっちが信じられると思う？」

よろり、と足がふらついた。

よろめく拍子《ひょうし》に、目の端から涙があふれる。悔《くや》しさにどうにかこらえようとするけれど、一度あふれたものは止められない。慌《あわ》てて目元を拭《ぬぐ》う私を、部屋にいる全員が見たはずだ。

だけどアマルダと違って、私を慰める人間は誰もいない。

「ノアちゃん、ごめんね……ごめんね……」

誰もが、泣きながら謝罪を続けるアマルダを見つめている。アマルダを取り囲み、口々に慰めの言葉をかけている。

私に向けられたいくつもの背中に、頭の奥が焼けるような気がした。

――お父様。

頭に浮かぶのは、昔、屋敷《やしき》で何度も見た光景だ。

屋敷に遊びに来たアマルダ。嬉《うれ》しそうにアマルダばかりを構う父。アマルダの気を引きたい兄に、アマルダを称《たた》える使用人。

それを見ている、私。

思い出したくもない。

――お父様、こっちを見て。

それは、何度も繰《く》り返した父への言葉だ。

『アマルダ、お前は本当に心の優しい子だ』

記憶《きおく》の中の父の声が、現在の父と重なる。

背を向けた父の姿は、今も昔も遠いままだ。

――お父様、私も。

三人の背中の間から、目を潤《うる》ませるアマルダの姿が見える。

次々に慰めの言葉をかけられながら、傷ついた顔で泣き続ける彼女に――。

――私も泣いているのよ。

どろり、なにかが湧《わ》いてくる。

かつて、外から流れ込んできたものと同じ、粘《ねば》りつくような感情が――今は私の内側からあふれていた。


「――人の穢《けが》れとは、いったいなんなのだろうな」

それは、彼の綻《ほころ》びから漏《も》れ出た遠い記憶だった。

建国神話よりもさらに昔。まだ彼には肉体があり、力があり、傍《かたわ》らには弟がいたころ。穢れを一切知らない、完璧《かんぺき》なる神だったころの、ほんの些細《ささい》なやりとりだ。

「どうして人は、穢れなどを抱《いだ》くのだろうか」

「生まれながらに醜《みにく》さを抱いているからでありましょう」

彼の口にした疑問に、弟は冷淡《れいたん》な口調で答えた。

視線は、遥《はる》か下方の地上を見据《みす》えている。これからあの場所へ粛清《しゆくせい》に向かうというのに、弟は穢れにも、人というものにも、なんら興味を持ってはいないらしい。

「生き物とは不完全なもの。永遠の命を持たず、争わなくては生きていけない。もとより失敗作なのです」

弟の言う通りだ、と彼は思った。

人も地上の生き物も、すべては神になり損ねた失敗作。有限の命を散らし、消えゆくだけの存在だ。

地上とは、哀《あわ》れな出来損ないの子らの楽園だった。天上では生きていけない失敗作のため、母なる神が生み出した箱庭にすぎない。

地上には、失敗作がひしめき合う。

生きるものはみな、死ぬものと同義。死なないためには他者を押しのけ、喰《く》らい続けなければいけないもの。

罪なき者は生きてはいけない。生物とは生まれながらに罪であり、醜悪《しゅうあく》な存在だ。穢れとは、その中でも飛びぬけて恨《うら》み深い感情の表れと言えよう。もとより醜悪な獣《けもの》たちの、より邪悪《じゃあく》な心の発露《はつろ》なのである。

それが事実であることを、彼は否定しない。

抱く穢れが大きければ大きいほど、他者へ害をなす邪悪な存在であることは、紛《まぎ》れもなく真実なのだ。

――だけど、それならどうして。

……どうして、彼女から邪悪の気配がするのだろう。

エレノアが休みを取った、その翌朝。

二日ぶりに部屋を訪ねてきた彼女の様子は、明らかにおかしかった。


「神様！　今日は徹底的《てってい》に大掃除《おおそうじ》をするので、隅《すみ》っこに寄っていてください！」

昨日から続く雨が、今日も窓を叩《たた》く朝。エレノアは部屋を訪ねて早々、食事もそこそこに掃除用具を引っ張り出すと、そう言って彼を追い立てた。

追い立てられることには慣れている。エレノアの掃除もいつものことだ。特に近頃《ちかごろ》は雨続きで汚《よご》れやすく、掃除をするエレノアの手にも力が入っていた。

だが、床《ゆか》や窓の掃除のみならず、壁《かべ》やら棚《たな》の裏側やら、果ては天井《てんじょう》まで、わき目も振《ふ》らずに雑巾《ぞうきん》で擦《こす》りはじめるエレノアの様子には、さすがに黙《だま》っていられなかった。

「あの、……エレノアさん」

追い立てられたベッドの上で、彼はそっとエレノアに呼び掛《か》ける。

現在、エレノアはもらいもののソファを動かし、その背後の壁を拭っているところだ。どれほどの汚れがあるかを彼は見ることができないが、荒々《あらあら》しい彼女の手の動きは伝わってくる。呼び掛けは聞こえているのかいないのか、手を止めない彼女に向け、彼は先ほどより大きな声を出した。

「エレノアさん、どうかされました？　昨日、なにかあったんですか？」

「どうもしていませんけど！」

返ってきたのは、どう考えても『どうもしていない』とは思えない声だ。妙《みょう》に気迫《きはく》のある声音にびくりと体を強張《こわば》らせれば、彼女がぐるんと勢いよく振り返る。

「昨日も、別になんもありませんでしたし！　ほんと、まったく、なーんにも！」

「いえ、ですが……」

力強過ぎる否定に、彼は言葉を詰《つ》まらせた。

なにもなかった、と言われても、とても素直に信じることはできない。目のない体でも、エレノアが無理な笑顔を浮《う》かべていることはわかるし、雑巾を握《にぎ》る手が力み、震《ふる》えていることも感じ取れる。作ったような声は明るいけれど、ひどく乾《かわ》いてそらぞらしかった。

それに、なにより――。

――穢れの気配がする。

彼女のまとう暗く粘ついた気配に、彼は奥歯でも噛《か》むような心地《ここち》で体を震わせた。

神の身を侵《おか》し、歪《ゆが》め、変貌《へんぼう》させた醜悪な感情は、誰《だれ》よりも彼自身が知るものだ。

もちろん、エレノアが清廉潔白《せいれんけっぱく》な聖女でないことは彼も理解している。人間はみな、多かれ少なかれ穢れを心に抱くもの。ごく普通《ふつう》の少女であるエレノアが、他人に苛立《いらだ》ち、疎《うと》み、妬《ねた》むのは当然のことだ。なんなら彼女は、けっこう怒《おこ》りっぽい方でもある。

だけどその穢れは、いつだって彼女の身の内にとどまっていた。

怒ったところで、誰かに当たるわけではない。愚痴《ぐち》を吐《は》き、掃除にぶつけ、時が過ぎるのを待つことで、彼女は彼女自身の中で折り合いをつけてきたのだ。

なのに、と彼は静かに息を呑《の》む。

今は、エレノアの怒《いか》りが肌《はだ》で感じられる。

抱《かか》えきれない彼女の感情が――どろりと粘りつく重たい穢れが、少しずつ、彼女から滴《したた》り落ちている。

「……ですが、いいえ。エレノアさん。私には、なにもなかったように見えません」

私の言葉を、神様は静かに、だけどはっきりと否定した。

黒い体は、首を横に振るようにゆっくりと左右に揺《ゆ》れる。つるんとした体にまっすぐに私を映すさまは、まるで真正面から見つめるかのようだ。

「なにかあったのでしょう。いったい、どうされたのですか」

声は、いつも穏《おだ》やかな神様らしくもなく険《けわ》しかった。私の様子を窺《うかが》おうというのだろう。問いかけておきながら返事も待たず、彼はぬるりとベッドから滑《すべ》り降《お》りる。

黒い体が床を這《は》い、私に近づいてくる。強張ったように重たく震えるその姿に、私は手の中の雑巾を握りしめた。

――わかっているわ。

神様は、私を気遣《きづか》ってくれているのだ。

私の様子がおかしいことに気付いて、心配してくれているのだ。

それは、彼の純粋《じゅんすい》な優しさ。嬉《うれ》しくてありがたい、彼らしい心遣いだ。

頭の中ではわかっている。

——でも。

「……どうもしていません」

私は神様から目を逸《そ》らすと、押し殺した声でそう言った。

ぷるんと揺れる神様の姿を、今は見ていたくなかった。

「本当に、なにもありませんでした。だから気にしないでください！」

それだけを吐き捨て、私は神様に背を向ける。そのまま適当な壁を睨《にら》みつけ、手にした雑巾を押し付けた。

力任せにぐいぐいと拭《ぬぐ》えば、壁に染みついた長年の汚れが落ちていく。気持ち良いくらいに壁はきれいになっていくのに、苛立ちは少しも収まらない。

渦《うず》を巻くような黒い感情を呑み込めず、私は荒《あら》く息を吐く。

——今日も、休めばよかったわ。

昨日の今日で、まじめに神様の部屋に来たなんて、今から思えば馬鹿馬鹿《ばかばか》しい。

一日様子を見ていなくて心配だったとか、食事を届けなきゃとか、どうして私が気にしなければいけないのだろう。

——私は代理なのに。

ぐ、と壁を拭う手に力がこもる。

壁を拭っても拭っても、苛立ちは増す一方だ。

頭の中では、昨日の最悪の記憶《きおく》ばかりが渦巻《うずま》いている。

――選ばれたのはアマルダなのに。私はただ、アマルダに押し付けられただけなのに。

本当は――ここにいるのはアマルダのはずなのに。

すっかり汚れて真っ黒になった雑巾を握りしめ、私は苦々しさに口元を歪めた。

この部屋は、それだけ汚れをため込んでいたのだ。

何年、何百年、誰も掃除をせず、埃《ほこり》も払《はら》わず、腐《くさ》った窓枠《まどわく》も雨漏《あまも》りのする天井も直さなかった。神殿《しんでん》の外れも外れに位置する、誰にも見向きもされない暗い場所。昼日中でも光の差さない、影《かげ》のような場所。

誰も、望んでこんな場所へは来たがらない。だってここは、聖女なんて名ばかりの、神殿の序列最下位の居場所なのだ。食事も自分で得られず、神官たちにはろくに話も聞いてもらえず、まともに人間扱《あつか》いされているかすらもわからない。

それに、なにより――。

「エレノアさん」

この部屋の主《あるじ》が、背を向けた私に呼びかける。

聞き慣れた彼の気遣わしげな声に、私はきつく奥歯を噛んだ。

「気になりますよ。今のエレノアさんを放っておけません」

きっと神様は、振り向かない私を不安げに見上げているのだろう。どうしたのかと訝《いぶか》しんでいるに違《ちが》いない。

そうして、いつも通りに震えているのだ。黒くてまるい、人ならざる体で。

誰もが嫌悪《けんお》するような、醜《みにく》い姿で。

「なにがあったか話してください。私には、ただ聞くことしかできませんが……」

背後から聞こえる声は、どこまでも優しい。

穏やかで、遠慮《えんりょ》がちで、親しさのこもったやわらかい声音が――私を、どうしようもなく惨《みじ》めな気持ちにさせる。

――こんなこと、考えたくないのに。

頭が考えることを止められない。

アマルダは、絶世の美貌《びぼう》で知られる最高神グランヴェリテ様の聖女。

宮殿《きゅうでん》のような屋敷《やしき》に住み、多くのメイドに囲まれて、神官たちからも特別扱い。父やエリックも彼女に夢中で、いつだって気にかけられている。

対する私は、暗くて狭《せま》い部屋の中。誰にも見向きもされない神殿の片隅で――醜い醜い無能神だけにしか、気にかけてもらえないのだ。

「エレノアさん」

どろりと心の中が粘《ねば》りつく。

感情が、止めようもなくあふれてくる。

──いや。

こんなこと考えたくない。言いたくないのに──。

「私は、あなたの力になりたいんです」

「……力なんて」

神様の強い言葉に、私の口から声が漏《も》れる。

振《ふ》り返りたくもないのに振り返り、見たくもないのに前を見れば、真正面にある黒い塊《かたまり》が目に入る。

ゆるく震えるその姿に、私はあえぐように息を吐いた。

「そんなもの……！」

呼気と一緒《いっしょ》に、震える言葉がこぼれ落ちる。

神様がはっとしたように強張《こわば》ったことに気付いたけれど、もう遅《おそ》い。

口から出たものは、もう止められない。

「そんなもの、あなたに──」

あふれ出す感情は、まぎれもなく悪意だ。

醜悪《しゅうあく》な神様よりも、なお醜悪な自分自身に、私の表情が歪《ゆが》む。

「無能神なんかに、なにができるって言うのよ!!」

部屋は一瞬《いっしゅん》、しんと静まり返った。

神様はなにも言わない。ただ傷ついたように大きく震《ふる》えるだけだ。

それきり、凍《こお》り付いたように動かない神様に、私の顔はますます歪んでいく。

――最低……!

こんなの、単なる八つ当たりだ。神様はなにも悪くない。ただ、私が苛立《いらだ》っていただけ。

神様は、気遣ってくれただけ。

なのに私は、優しさを無下にして、わざと傷つけるような言い方をした。神様は神様でいい、なんて言っておきながら、まるで真逆の言葉を吐《は》いたのだ。

最低だ。最悪なことをした。自分でもそう思っているのに。

口を引き結び、奥歯を嚙《か》んでも、顔に浮《う》かぶ表情を消すことができない。

ゆるく波打つ神様の表面が、今の私の姿を映し出す。

ぐしゃりと歪んだ顔。強張った頬《ほお》に眉間《みけん》の皺《しわ》。

口角はかすかに上を向いている。黒い体に映る目は、うっすらと細められている。

――醜い。

神様を見下ろす私は、震えるほどに醜悪な笑みを浮かべていた。

「――本性を見せたな、ノア」

静まり返った部屋に不意に響《ひび》いたのは、ぱちぱちと手を叩《たた》く音だった。

はっと音に振り向けば、開け放たれた扉《とびら》と、その手前に立つ人影が目に入る。

いつの間に雨は止《や》んでいたのだろう。入り口から覗《のぞ》く曇《くも》り空《ぞら》を背にして、人影は一歩、部屋の中へと足を踏《ふ》み入れた。

「やっぱり君はそういう人間だったんだな。これで僕も、心おきなく君と婚約《こんやく》を解消できる」

「……エリック」

かすれた声で、私は人影の名前を呼ぶ。

部屋に入ってきたのは婚約者のエリックだ。顔に蔑《さげす》みの色を浮かべ、見下すように目を細める彼の姿に、知らず体が竦《すく》んでいた。

「なにをしにきたの……」

震えを隠《かく》すように両手を握《にぎ》りしめ、私はエリックを睨みつけた。一瞬、足がよろめきかけたのは、きっと気が付かれていないはず。額ににじむ冷や汗《あせ》も、この距離《きょり》ならわからないだろう。

大丈夫《だいじょうぶ》、と私は内心で自分に言い聞かせる。エリックを見て動揺《どうよう》なんてしない。エリックの前で、弱い姿なんて絶対に見せるものか。

「神様の部屋に黙《だま》って入るなんて、無礼でしょう。ノックくらいしなさい！」

「そう怒鳴《どな》るな。神殿を発《た》つ前に、別れの挨拶《あいさつ》をしに来ただけだ。ついでに言いたいことも言っておこうと思ってね。これが君と会う、最後の機会になるだろうから」

「最後って……！」

エリックの言葉は聞き捨てならなかった。

昨日の話し合いは、四人だけでするという約束だったのだ。それを破って、エリックがアマルダを連れてきたから、なにもかもおかしなことになってしまった。

話し合いになんてならなかった。アマルダの嘘《うそ》にみんな騙《だま》され、本当のことを知っている父でさえアマルダの味方をして、誰《だれ》も私の話を聞こうとはしなかった。

それなのに、これで終わりだなんて認められるはずがない。

「まだ話し合いは終わっていないわ！　勝手に決めないでちょうだい！」

「終わっていないと思っているのは君だけだ」

言い返す私を短く切り捨て、エリックは眉《まゆ》をひそめた。視線は私から移動し、その手前。エリックと私の間に挟《はさ》まれ、戸惑《とまど》ったように震える神様へと向かう。

「……それに、僕が無礼だと？　神様の部屋と言っても、ここにいるのは無能神だろう」

神様を見るエリックの目には嫌悪感《けんおかん》が浮かんでいた。

私に向けるものとはまた違う。いかにも汚物《おぶつ》を見るかのような目で、彼は口元に手を当てて吐き捨てる。

「それが無能神か。……なるほど、噂《うわさ》通りの醜い化け物だな」

「エリック！」

「こんなもの、まるっきり魔物《まもの》じゃないか。そのうえ力もない役立たずのくせに、アマルダを聖女に選ぼうなんて図々《ずうずう》しい。こんなおぞましい化け物、どうせノアくらいにしか──」

「やめなさい、エリック！　神様の目の前でなんてこと言うの！」

聞くに堪《た》えないエリックの罵倒《ばとう》を、私は声を上げて遮《さえぎ》った。

かばうように神様を背にすれば、エリックが喉《のど》をくっと鳴らす。顔には嫌悪感を浮かべたまま、悪びれる素振《そぶ》りさえ見せない。

「それを、君が言うのか？」

「な……っ」

「どうせ無能神には言葉なんて理解できないんだ。だいたい、君自身でも言ったばかりじゃないか」

そう言って、彼は口角を吊り上げた。

緩《ゆる》く弧《こ》を描《えが》くその口元に、私はぎくりと足を引く。どこかで見たような表情だった。

薄《うす》く細められた目。笑みを形作る口。笑っているのに、どこか歪んだ顔。

その顔は──。

「『無能神なんか』――って。笑いながら」

誰かを傷つけたくて仕方がない、震えるほどに醜悪な笑顔だ。

「……………それは」

言い返す言葉はなかった。ぽつりと声を漏らしたきり、私はなにも言えずに目を伏《ふ》せる。

だって、私になにが言えるだろう。

エリックと同じ表情で、エリックと同じことをした私に。

「君の方が、よほど無能神を馬鹿《ばか》にしているじゃないか。それなのに、今さら聖女ぶらないでくれないか？」

口をつぐむ私を、エリックが嗤《わら》う。

「アマルダは君を信じて無能神の聖女の座を渡《わた》したらしいが……こればかりは、彼女が優しすぎる。君は本当は、無能神に仕える気なんてさらさらないんだ。神への信仰心《しんこうしん》も、聖女としての覚悟《かくご》も、せめて聖女らしくあろうという矜持《きょうじ》さえない」

「そんな、こと――」

「ない、とは言えないだろう？　だって君が目指していたのは聖女じゃない」

呆《あき》れとも嘲笑《ちょうしょう》ともつかない息を吐くと、彼は足を踏み出した。

一歩一歩ゆっくりと、追い詰《つ》めるように私に近づいてくる。

「君が本当に欲しいのは、聖女という『身分』だけだ。君はただ、聖女になって注目を集めて――アマルダを蹴落《けお》としたかったんだろう?」

「…………」

なにも言えない。なにも言い返せない。

エリックの嘲笑が耳に響く。だけどその笑い声さえ、どこか遠い気がする。

「クラディール伯爵《はくしゃく》から聞いたよ。君は昔から、そうやってアマルダを敵視して、彼女をいじめてばかりの困った子どもだったと」

ただ、エリックの言葉だけが頭の奥を揺《ゆ》らしている。

――お父様が。

アマルダばかりを見て、振《ふ》り向いてくれなくて、構ってほしくて、何度も何度も背中に声をかけた、父が。

私を困った子どもだったと――そう言ったんだ。

「本当に、呆れた人間だ」

エリックの声が近い。重たい視線を向ければ、目の前で足を止めるエリックが見えた。

ちょうど、私の真正面。蔑みの目が近い。思わず足を引きたくなるけれど、私はきつく両手を握りしめてこらえていた。重く垂れ下がりそうな頭には力を込め、侮蔑《ぶべつ》の視線を奥歯を噛んで受け止める。

うつむく姿を見せたくなかった。

エリックの前で、誰が泣いてやるものか。

傷ついたところなんて、見せてなんかやるものか。

「君にとっては、神も聖女も装飾品《そうしょく》だ。君は序列の高い神にしか興味を持っていない。だって、そうでもなければ周囲の目を集めることはできないのだから」

そう――思うのに。

「無能神の聖女なんて、君にはなんの価値もないんだ。だからこそ、そうやって自分の神を馬鹿にできるんだろう――？」

――無能神の聖女なんて。

その言葉が、ぐるりと頭の中で渦《うず》を巻く。

無能神の聖女なんて、どうせ馬鹿にされるだけ。加護も得られず、役にも立たず、尊敬されることもない聖女なんて、誰も喜ばないし、なりたがらない。

無能神の聖女なんて、私はなりたくなかった。神殿《しんでん》では蔑まれ、家族からは厄介者《やっかい》扱《あつか》い。婚約も破棄《はき》されて、助けを求める手紙も読んではもらえない。押し付けられでもしなければ、誰が望んで無能神の聖女なんかになるのだろう。

私が目指していたのは、こんな聖女じゃなかった。ずっとずっと聖女の修行をしてきたのは、こんなことのためではなかった。私が選ばれたいと思っていたのは、ずっと。

――……エリックの言う通りだわ。

序列の高い神だった。高ければ高いほど、価値があった。

だって、立派な神の聖女になれば、きっと――。

「そんな君だから、誰にも選ばれないんだ。僕にも、君自身の家族にも――無能神にさえ」

きっと、振り向いてもらえると思っていた。

ずっとずっと、それが私の『本当の夢』だった。

頭の奥がぐらりとする。話し続けるエリックの声が、もう耳に届かない。

――泣き顔なんて、見せたくないのに。

目の前がかすんでいく。足元が揺れている。

どうにか転ぶまいと力を込めるけれど、足が地面を摑《つか》めない。足元の感覚が失《う》せ、その場に崩《くず》れ落ちようとしたとき――。

「エリックさん」

ぷるんとやわらかな塊《かたまり》が、私の体を受け止めた。

「もう黙っていただけませんか」

すぐ傍《そば》で響《ひび》くのは、聞き慣れた声だった。いつもは優しくて、おっとりとした穏《おだ》やかな声。

だけどその声が、今はぞくりとするほどに冷たく、鋭《するど》く響く。

「すみませんが、出て行ってください。これ以上、あなたの話を聞きたくはありません」

静かな神様の声に、エリックが怯《おび》えたように息を呑《の》んだ。

エリックから見たアマルダは、最高神の聖女と呼ぶには素朴《そぼく》すぎるくらい素朴な少女だった。

化粧気《けしょうけ》がなく、派手に着飾《きかざ》ることもなく、口やかましく主張することもない。小柄《こがら》な体に質素な聖女服を纏《まと》い、控《ひか》えめな笑みを浮《う》かべる彼女は、一見すると地味とさえ思われるだろう。

だけど、きちんと見ていればわかる。化粧などしなくとも、生まれつき整った愛らしい容姿。なにもせずとも、やわらかく流れる髪《かみ》。香水《こうすい》など付けていないだろうに、ふわりと漂《ただよ》う甘い香《かお》り。

飾《かざ》り立てなければならない、他の女たちとは違《ちが》う。飾らなくとも美しい彼女は、まるで野に咲《さ》く可憐《かれん》な花のようだ。その微笑《ほほえ》みは、花の綻《ほころ》ぶ瞬間《しゅんかん》にも似ていた。

誰《だれ》にでも分け隔《へだ》てなく優しく、疑うことを知らない性格で、いつも他人のことばかり気にかけるお人好《よ》し。自分の美しさにも気付かない、傷つきやすく涙《なみだ》もろい花は、誰かが守ってやらなければならなかった。

美しいものを踏《ふ》みにじろうとする人間は、いつも後を絶たないのだから。

『……また、神官たちが君を訪ねてきたみたいだ、アマルダ』

エリックがそう言ったのは、エレノアとの話し合いを終えた後のことだ。

場所はグランヴェリテの屋敷《やしき》の一室。神殿を去る前に、もう少しだけ話がしたい——と勇気を振り絞《しぼ》って告げたエリックを、アマルダがはにかみながら招いたのだ。

応接室には相変わらず人がいるからと、通されたのはやはり貴賓室《きひんしつ》。部屋には二人きりだけど、たびたび扉《とびら》の外から、来客を告げるメイドの声が響いた。

そう、たびたび。一度ならず二度ならず、頻繁《ひんぱん》にアマルダを訪ねる者があった。

アマルダに聞けば、メイドが告げる客人の名前は、どれも神官のものだという。そのうえ男性であり、みな若いと口にするアマルダの声は、少々重たげだった。

『今朝、応接室にいたのも神官たちだったのかい？　こんなにしょっちゅう、君になんの用事なんだ』

『ええと……神殿に穢《けが》れが出たから、最高神の聖女の私にも報告する必要がある——って、いろいろお話をするために来てくださっていて……』

エリックの問いに、アマルダは言葉を濁《にご》す。

『みんな親切な方たちなんですけど、予定があると言っても聞いてくれないんです。どうしても会えないときも、お花とか手紙とかを渡《わた》してきて……ああ、いえ、とてもありがたいとは思っているんですけど……！』

　かばうように言いつつも、かすかにアマルダは眉尻《まゆじり》を下げる。いかにも言いにくそうな彼女の様子に、エリックは神官たちの目的を察せずにはいられない。呆《あき》れたものだ、と内心でため息を吐《つ》いた。

『彼らはみんな君が目当てなんだろう。君の都合も考えずこんなひっきりなしに来るなんて、仕方ないやつらだな』

　しかもその理由が、穢れが出たという報告なのだから馬鹿《ばか》らしい。

　穢れはこの国には存在しない。万が一、本当に神殿内に出たのであれば、もっと国中が大騒《おおさわ》ぎになっているはずだ。

　つまり、穢れなど神官たちの単なる嘘《うそ》。アマルダに会うための口実だろう。ありえない穢れの話を持ち出すのは、疑うことを知らないアマルダを驚《おどろ》かせ、あとで笑い話にでもするためかもしれない。

『君も大変だな。もっと強く断ってしまえばいいのに』

『そんなことはできないわ。みんな、私を気にかけてくださっているんだもの』

　アマルダはそう言って、遠慮《えんりょ》がちに首を横に振る。優しい彼女らしい返事だ。無理に押し掛《か》けてくる連中さえ無下にしない彼女の態度は、美点でありながらももどかしかった。

『……でも、ありがとう、エリック』

苦々しく思うエリックへ、アマルダはふと笑みを浮かべた。

伏《ふ》せがちな目が持ち上がる。青い瞳《ひとみ》がエリックを映し、瞬《まばた》く。

顔を上げた拍子《ひょうし》に、アマルダの亜麻色《あまいろ》の髪が揺《ゆ》れた。飾りけのない、やわらかな髪が垂れ落ちるのを、恥《は》ずかしそうに手で押さえ、アマルダは笑みを深める。

『本当は、ちょっと困っていたの。誰にも言えなかったけど……わかってくれて、嬉《うれ》しい』

それは紛《まぎ》れもなく、心を許した相手にだけ向ける微笑みだった。

誰にも言えない秘密を明かし、誰にも見せない笑みを、他の誰でもなくエリックに向けたのだ。

――僕が、守らないと。

話し合いの前にも思ったことを、エリックは頭の中で繰《く》り返す。今の方が、ずっと強くそう思う。

この優しくて無力な女の子の笑顔を、なにもかもから守らなければならない。下心だけの男たちからも、彼女をいじめる女たちからも、利用したがる卑劣《ひれつ》な人間たちからも。

彼女が心を許したエリックこそが、守らなければならないのだ。

だから今日、エリックは二度と会うつもりのなかったエレノアに会いに来た。

これまでの行いを後悔《こうかい》させるために。この先、もしも同じようにアマルダを貶《おとし》めようとすることがあれば、今度こそ次がないことを思い知らせるために。

アマルダの言う通り、エレノアは無能神に誠実に仕えてはいなかった。部屋から聞こえた罵倒《ばとう》の声に、エレノアの性根はにじみ出ていた。

エリックはむしろ、エレノアの罵倒を止めに入った立場だ。今後、醜《みにく》い無能神にしっかりと尽《つ》くすようにと、釘《くぎ》を刺《さ》しに来た。無能神にとっては、天の助けと言えるような存在だったはずだ。

だからまさか――。

「今すぐ、ここから出て行ってください」

無能神が、エレノアをかばうなんて思わなかった。

神殿《しんでん》の片隅にある無能神の小屋で、エリックは喉《のど》の奥を引きつらせる。

はじめて聞いた無能神の声は、ぞっとするほど冷たかった。女性とも男性ともつかない声はよく通り、落ち着いていて――奇妙《きみょう》なほどに威厳《いげん》がある。

それはまるで、人を平伏《へいふく》させる王の声音だ。

――なんだ……？

エリックは自分の足が震《ふる》えていることに気が付いた。

どうしたのかと足を引こうとして、危うく転びそうになる。歯を食いしばってこらえるけれど、そうでもなければ立っていることさえ難しかった。

いいや、震えているのは足だけではない。無意識に食いしばる歯も、吐き出す息も、指の先から全身まで、すべてが怯えるように震えていた。

——どうして……無能神なんかに……!?

震える瞳には、無能神の姿が映っている。

目の前にいるのは、噂《うわさ》通りのおぞましい化け物だ。人の形を持たず、不気味な光沢《こうたく》を放ちながら蠢《うごめ》く、醜く黒い塊《かたまり》。転びかけたエレノアを受け止める姿は、まるきり下位の魔物《まもの》の捕食《ほしょく》風景にしか見えなかった。

なのに今、彼はその化け物へ——明確な畏怖《いふ》を覚えていた。

「エリックさん」

その短い呼びかけにさえ、体がびくりと強張《こわば》った。

喉からは、「ひっ」と細い悲鳴が漏《も》れる。無能神の放つ、静かで落ち着いた、だけど紛れもない怒《いか》りの色に、震えが収まらなかった。

「な、なんだよ……」

どうにか絞り出した声は弱々しい。腰《こし》は勝手に引けていて、視線はさまよいがちだった。

無能神を、まっすぐ視界に入れることが恐《おそ》ろしかった。

だけど目を逸《そ》らすのは、もっとずっと怖《こわ》かった。

「ぼ、僕がなにをした？　どうして無能神が、僕に怒《おこ》っているんだ……!?」

無様に震えるエリックを、無能神が体に映して揺れている。

顔もなく、体もなく、目の一つさえも存在しないのに、見据《みす》えられているような気がしてならなかった。足を引いても頭を振《ふ》っても、無能神の冷たい視線の感覚から逃《のが》れられない。

「僕はなにもしていない！　そいつがお前を馬鹿にしたんだ！　怒るならその女に怒るべきじゃないか！」

無我夢中で張り上げた自分の言葉に、エリックは「そうだ」と自分で頷《うなず》いた。

悪いのはエレノアだ。アマルダをいじめたのも、無能神を馬鹿にしたのもエレノア。それでいて悪びれないエレノアこそが、責められるべき存在のはずだ。

「そいつは！　お前を無能神だと嗤《わら》ったんだ！　聖女のくせに！　聖女になろうとアマルダに縋《すが》ったくせに！　だったら僕じゃなくて、そいつに罰《ばつ》を与《あた》えるのが神だろう！」

「誰《だれ》に罰を与えるかは」

必死のエリックの声を、無能神の声がかき消す。

淡々《たんたん》としていながら、まるで押しつぶすかのような強い声だ。

それ以上、エリックは言葉を発することができなかった。呼吸さえもろくに喉を通らず、彼は無能神を見つめながら息苦しさにあえいでいた。

噛《か》み合わない歯の根が、ガチガチと音を立てる。

もはや、エリックには強がることさえできない。

──怖い。

彼の、冷たくもどこか穏《おだ》やかな言葉が怖かった。怖くて怖くて──同時に、畏《おそ》れ多かった。

真正面から見据える不敬に怯《おび》えている。今にも跪《ひざまず》きそうになる。威厳から来る威圧感《いあつかん》に、どれほど自分が小さいものなのかを思い知る。

この醜い化け物が、役立たずの無能神が──人間よりも、はるか格上の存在なのだと、彼は肌《はだ》で理解させられる。

「私が決めることです。──エリックさん」

微笑《ほほえ》むように、ゆるりと彼の体が揺れた瞬間《しゅんかん》、エリックは悲鳴を上げていた。か細く甲高《かんだか》い悲鳴を喉から絞《しぼ》り出しながら、彼は震える足で、よろめくように部屋から飛び出した。無能神相手に情けない、恥ずかしい、格好悪いなどと考える余裕《よゆう》はない。

とにかく、今はあの化け物から逃《に》げ出したかった。

だけど──。

息を切らし、ひたすらに走り、あの小さな無能神の部屋が遠く見えなくなった後も、背後に感じる恐怖《きょうふ》は消えなかった。

振り返る勇気はない。

ただ、彼は本能で理解していた。

どろりと、背中に粘《ねば》りつくなにかの気配がする。

――なにかが追いかけてきている。


エリックの悲鳴が聞こえなくなっても、私は床《ゆか》に座り込んだまま立ち上がることができなかった。

体に力が入らないから、だけではない。立ち上がりたくても立ち上がれないのだ。

腕《うで》には今もまだ、ひやりと滑《なめ》らかな感触《かんしょく》が絡《から》みついている。

私を放そうとしない異形の腕に、知らず表情が歪《ゆが》んでいく。

「……放してください、神様」

表情を隠《かく》すように前を向き、私は静かにそう言った。

だけど冷たい感触は離れない。強引に引き剥《は》がそうと腕を引いても、ピクリとも動かない。

頑《かたく》なな彼の腕は、痛むほどに強く――腹が立つほどに優しかった。

「かばってくれてありがとうございます。もう大丈夫《だいじょうぶ》です。だから——」

「嫌《いや》です」

前を向く私の言葉を、神様は端的《たんてき》に拒絶《きょぜつ》する。

腕に絡む力はますます強くなっていく。私の表情も、ますます大きく歪んでいく。

「放しません。こっちを向いてください、エレノアさん」

背後から呼ぶ声に、私は振り返らない。エリックの出て行った扉《とびら》を見るともなしに睨《にら》みつつ、歪む表情で唇《くちびる》を噛む。

この顔を見せるわけにはいかなかった。

どろりと粘りつく感情に歪められた、醜悪《しゅうあく》な自分を彼に見せたくなかった。

「エリックの話を聞いていたでしょう。神様だって、私がどんな人間か、よくわかったでしょう」

だから私は、代わりに突《つ》き放《はな》すような言葉を吐《は》く。

「エリックの言ったことは間違《まちが》っていないわ。私、自分のために聖女になりたかった。聖女になって、認められたかったのよ」

いつだったか神様に向けて言った、どんな神様でも誠意を持って仕える——なんて言葉は大嘘《おおうそ》だ。

ただ、私がそんな聖女になりたかった。

なれもしない憧《あこが》れを、口にしていただけなのだ。

「結婚《けっこん》したかったのもそう。誰でもよかったのよ。誰かに私を見てもらえれば、それでよかったの」

エリックが開け放したままの扉から、夏らしくない風が吹《ふ》き込《こ》んでくる。

雨上がりだからだろうか。頬《ほお》を撫《な》でる風はいやに冷たく湿《しめ》っていて、私は逃れるように首を振った。この時期は雨が少ないはずなのに。だから、結婚の日取りに選んだはずなのに。

あともう少ししたら、エリックとの結婚式だった。

出来上がるドレスを楽しみにしていた。指輪を嵌《は》める日を待ち望んでいた。式を飾《かざ》る花も、友人たちに出す招待状も、悩《なや》みに悩んで決めたものだった。

冬の寒い日に、エリックと何時間も話し合った。忙《いそが》しい中でも手紙を出し、何度も相談を重ねてきた。エリックと二人で、結婚式の準備を考え抜《ぬ》いてきた。

これでもう、全部無駄《むだ》になってしまったけれど。

――当然だわ。

頭の中で、私は私自身を嘲笑《ちょうしょう》する。

無駄になって当然。上手《うま》くいくはずなんかなかった。

だって私にとっては、結婚も聖女も同じことだったのだから。

「結局私は、アマルダに負けたくなかっただけ。アマルダよりも私を見てほしかった。アマルダじゃなくて、私に気付いてほしかった。それだけなのよ」

誰かにとって、価値のある自分になりたかった。

アマルダには持てない、自分のものが欲しかった。

だって特別な存在になれば、聖女になれば、家の役に立つ地位を得られれば――。

――お父様が、きっと振り向いてくれるわ。

それがはじまりで、すべてだった。

幼い夢に期待して、神々ならきっとわかってくれると思って、修行を続けた意味は、だけど結局なにもなかった。

神々すらもアマルダを選び、私は誰にも選ばれなかったのだから。

――だからこそ、せめて。

無能神の代理聖女にさせられたとき、せめて心から仕えようと思っていた。

どれほど不本意でも、望まぬ役割でも、日の当たる多くの神々の陰《かげ》で、誰にも顧《かえり》みられない彼に、せめて私だけは誠実でありたかった。

見た目や身分だけじゃなくて、ちゃんと見つめていたかった。

なのに私は、結局それさえもできなかった。

「だから私は、聖女になれなかったんだわ。だって私、今も本当は神様が、もっと格上の神様だったらって思っているもの」

ルフレ様の誘《さそ》いを断って、自分の意思でこの場所に残ったはずなのに、何度だって繰《く》り返し考える。

ここにいるのが、アマルダに負けないくらい格上の神だったら。

アマルダなんて見下せるくらい、高い地位の聖女になれたら――と。

だけど今、私を摑《つか》むのは人ならざる黒い腕。

私の傍《そば》にいるのは、ぬるりと蠢《うごめ》く、誰《だれ》もが嫌悪《けんお》する醜《みにく》い無能神だけなのだ。

そう思う自分が、なにより醜かった。

「聖女気取りで仕えたって、やっぱり私は偽《にせ》聖女なんだわ。だって、神様も見ていたでしょう？　私が、神様を馬鹿《ばか》にして笑っているところ」

扉の外を睨み、私は鼻で息を吐く。

表情は歪み切っていた。口角が持ち上がったまま、戻《もど》すことができない。前を向く目は不格好に細められ、外の景色を映して瞬《まばた》く。

引きつった頰に眉間《みけん》の皺《しわ》。口から吐き出される、嘲笑めいた荒い息。

神様には見せられない、醜悪な顔で口にするのは、認めたくない事実だ。

「私、内心ではずっとそう思っていたんだわ。神様のことを、無能神なんか――って！」

神様の優しさに触《ふ》れ、どんなに好意を抱《いだ》いたつもりでも、ふとした瞬間《しゅんかん》に本心は見えてしまうもの。とっさに口にした言葉は戻らない。浮《う》かべた表情を、なかったことにすることはできない。

——今だって。

言いたくなんてなかったのに、傷つけたくないと思っているのに。

私は今、『無能神なんか』と口にしながら、歪んだ笑みを浮かべている。

「………」

私の言葉が途切《とぎ》れると、部屋には沈黙《ちんもく》が満ちる。

背後の神様はなにも言わない。どんな様子でいるのかもわからない。それでいて、私を放そうともしない。

ただ、ひやりと刺《さ》すように冷たい風が、部屋に流れるだけだ。

「……いいえ」

長い沈黙のあとで、ふと聞こえたのは、風の音よりもささやかな声だった。

やわらかくて、穏《おだ》やかで——だけどたしかな、否定だった。

「いいえ、エレノアさん。私には、あなたが笑っているようには見えませんでした」

神様の、人とは異なる滑らかな手が、私を強く握《にぎ》りしめる。

包み込むようなその感触《かんしょく》に、私は奥歯を嚙《か》んだ。

異形の手、無能神の手。

だけど振《ふ》り払《はら》えない――強くて優しい手。

「私が見ているあなたは、ずっと――」

歪《ゆが》んだ表情が戻らない。

風が頬を撫でたとき、私ははじめてその冷たさの理由に気が付いた。

「――ずっと、泣いていましたよ」

濡《ぬ》れた頬が、風に触れてひやりと冷まされる。

笑うような泣き顔で、私は呆《ほう》けたように瞬いていた。


――お父様、こっちを向いて。

――お兄様、私とも遊んでよ。

――お姉様、『気にしないで』なんて、できないわ。

そんなことを言えるのは、お姉様に『アマルダがいなかったころ』の記《き》憶《おく》があるからよ。

――私は知らないもの。

優しかった父のことは覚えていない。

兄に遊んでもらった思い出はない。

母の記憶は、冷たい墓石の感触だけ。

たまに訪ねて来る親戚《しんせき》さえ、いつしか屋《や》敷《しき》に来て一番に口にするのは『アマルダは来ているのか』になっていた。

気が付いたときには私の傍にはアマルダがいて、私の周りの人たちの目は、いつもアマルダに向かっていた。

——私を見て。

いっぱい勉強して、良い子にしていてもだめ。

たくさん困らせて、悪い子になってもだめ。

怒《おこ》っても泣いても、うんざりとした顔をされるだけ。

あの子の愛らしさには、かなわない。私はあの子みたいに可愛《かわい》くなれない。

でも、私だけの特別があれば。

私が、アマルダよりも役に立つ存在になれば。

前を向いて、必死になって、今までよりも頑張《がんば》れば。

アマルダよりもずっとずっと努力していれば——。

——誰か。

きっと気付いてくれる。

アマルダじゃなくて、私がここにいるって、わかってくれる。

誰でもいい。誰か一人でも、世界に一人だけでも、きっと。

——誰か、私を見つけて。

「――エレノアさん」

黒く粘《ねば》りつく感情に埋《う》もれ、子どものようにうつむく私に、優しく呼びかける声がする。

身動きの取れない私の手を掴んだまま、声は静かに、二人だけの部屋に響《ひび》く。

「ねえ、エレノアさん。私ではいけませんか？」

ひやりとした感触が、私の指を撫《な》でた。

暗い闇《やみ》の底から掬《すく》い上げるように、彼は私の手を少しだけ強く握りしめる。

痛くはなかった。ただ、痛いくらいに優しかった。

「私があなたを見つけます。私なら、どんなに暗い場所からでも見つけ出します」

屋根を打つ雨音は止んでいた。雲を透《す》かした陽光が、部屋に淡《あわ》い影《かげ》を落とす。

私の足元も、ぼんやりとした影に覆《おお》われていた。

うなだれる私の影ではない。それよりも、もっと大きなもう一つの影が、私の影を呑《の》みこんでいる。

いつもの彼よりもずっと大きなその影は、だけど今の私の目にはよく見えなかった。

視界がにじんでいる。輪郭《りんかく》がぼやけている。影の形がわからない。

「あなたが、私を見つけてくれたように」

曖昧《あいまい》な影の輪郭が揺《ゆ》れていた。

身じろぎでもするように、影はゆっくりと首を振る。

まるで、人間みたいだ。

「あなたがこの暗い部屋で、誰も顧《かえり》みない私を見てくれたように。立派な神でもない、役立たずの無能神である私の心に、気付いてくれたように」

声は耳に近く、かすかな吐息《といき》に空気が揺れる。

背中に触れる感触が、いつもと違《ちが》うことに気付いていた。

ぷるんとしたやわらかさはなく、どこか硬《かた》く、骨ばっている。

だけど、気にはならなかった。

「私も、あなたを見ていたい。あなたの孤独《こどく》を慰《なぐさ》めたい。それができるだけの存在になりたい」

背後の影は、顔を上げられない私を咎《とが》めず、無理に振り向かせようともしなかった。

ただ遠慮《えんりょ》がちに、私に向けて『手』を伸《の》ばし――。

「あなたが私に光を差してくれたように――私も、あなたの光になりたいんです」

黒い闇の底。いつだったか、穢《けが》れに囚《とら》われた私を救いだしたように。

彼は背後から、そっと私を抱《だ》き留《と》めた。

どろり、と悪意が滴《したた》り落ちる。

頭には、無数の嘆《なげ》きの声が響き続けていた。体の中で、醜悪《しゅうあく》な人の感情が渦《うず》を巻く。

千年の重みは、エレノアの浄化《じょうか》ではとても追いつかない。これ以上は無理だと、彼の理性は理解していた。

だけど迷いはなかったし、後悔《こうかい》もなかった。

静かに泣くエレノアの体を――彼は、あふれる穢れごと強く抱き寄せる。

「……エレノアさん」

肌《はだ》に伝わる感触は温かくて、少しだけ痛かった。

穢れの浄化をするとき、いつもエレノアはこんな感覚を味わっているのだろうか。これまで聞くことのなかった嘆きの声に耳を貸しながら、彼はそんなことを考える。

人の嘆きは痛くて、ひどく苦しい。呑まれるような感覚に、しかし彼は逆らうことなく身を任せていた。彼の体を、幼いころから抱き続けたエレノアの嘆きが侵食《しんしょく》していく。

見ないふりをして、平気な顔をして、聖女という夢に変えて、きれいに装っていた心の裏側。誰《だれ》も知らないエレノアの本当の心を、彼はそのまま受け止める。

以前のようにかき消さないのは、憐憫《れんびん》のためではない。神らしい慈悲《じひ》とはまるで違う。

これはたぶん、もっとずっと利己的な感情なのだ。

「私、きっと怒っているんですね。エリックさんの言葉にも、それに傷つくあなたにも」

エレノアを抱きしめながら、彼はかすかに奥歯を嚙む。

壁《かべ》を背に、じかに座り込んだ床《ゆか》は、ひやりと冷たく乾《かわ》いていた。

長い雨は上がったばかり。雨漏《あまも》りと隙間風《すきまかぜ》でいつも濡れているはずの床が、今は少しも濡れていないことを、エリックは気にも留めなかった。

この部屋が、雨漏りがして、隙間風が吹《ふ》いて、日の差さない冷たい部屋だったことを、今日はじめて来たエリックは知らないのだ。

雨の上がった窓から、薄《うす》い雲間の陽光が差す。朝の一時《いっとき》ではない、午後に近づく真昼の光が、部屋の中を照らし出す。

雨の漏《も》る屋根は直された。壁の隙間はふさがれた。腐《くさ》った窓枠《まどわく》は取り換《か》えて、割れた窓《まど》硝子《ガラス》は新しいものに入れ替《か》えられた。

全部、エレノアがやったことだ。

神殿《しんでん》を去ると決めたときから、エレノアはずっと走り続けていた。残していく彼のために、できることをすべてやろうと。

エレノアは誰よりも誠実に、誰よりもまっすぐに、誰よりも対等に『無能神』と向き合

っていた。ただ一度の言葉で、崩《くず》れることなんてないくらいに。

そのことを、エレノア自身が誰よりも理解していないのだ。

「なによりも――エリックさんの言葉を信じさせてしまう私自身に怒っています」

悔《くや》しい――そう、悔しかった。自分がふがいなかった。

『無能神』の聖女だからと、彼女を悲しませる事実に耐《た》えられなかった。

――変わりたい。

本心から、彼はそう思った。

エレノアを守れるようになりたい。エレノアが頼《たよ》れる自分でありたい。他の誰かのために、エレノアが泣く姿を見ていたくない。

エレノアのためですらもなく、ただ自分自身のために変わりたかった。

それは、本来ならば彼が持つことのない感情だ。

誰よりも高潔で、誰よりも慈悲深く――誰に対しても平等に、冷徹《れいてつ》。

完璧《かんぺき》であるはずの彼を揺るがすのは、不完全な人の心だった。

――痛い。

粘りつく穢れが、彼の心を毒のように侵《おか》していた。

彼自身の感情と、体に抱《いだ》いた穢れの境界が崩れていく。

頭に響く嫉妬《しっと》の声が、彼に『特別』を覚えさせる。

優越感《ゆうえつかん》の声が『彼女』と『それ以外』を区別させ、恨《うら》みの声が彼女を泣かせた相手への『嫌悪《けんお》』を教える。

紛《まぎ》れもない異物だった。神の心には湧《わ》き上がらない、抱くはずのない感情。

異物感に吐《は》き気がする。限度を超《こ》えた穢れに頭がかき乱される。

曇《くも》りない心は汚《けが》された。異質な変化に、焼け付くような痛みがある。

それでもなお、彼はエレノアを手離《てばな》そうとは思えなかった。

どれほど悪意に塗《まみ》れていても、どれほど苦痛を抱《かか》えた感情でも、彼女の心を消したくなかった。

他の誰でもない、自分自身がその心を受け止めたかった。

――痛い。痛い。

穢れた人々の嘆きの声が、彼の中で叫《さけ》んでいる。

それが人の心だ、と。

不完全な人の中には、いつも痛みと苦しみがある。引き裂《さ》かれるような痛みの中で、心を砕《くだ》かれる苦しみの中で――それでも譲《ゆず》れないものを抱えている。

だから、彼らは嘆くのだ。

――――痛い。

変質していく自分自身に、彼はきつく奥歯を嚙《か》んだ。

無意識に力んでいたのだろう。腕《うで》の中で、エレノアが驚《おどろ》いたように身じろぎをする。

そのまま振《ふ》り返ろうとするエレノアの目元を、だけど彼は片手でそっと覆《おお》い隠《かく》した。

「振り返らないでください。きっと、見苦しい姿をお見せしてしまいますから」

「神様……？」

違和感《いわかん》に戸惑《とまど》うエレノアに、彼は静かに首を振る。その拍子《ひょうし》に前髪《まえがみ》が揺れ、彼のまぶたをくすぐった。

瞬《まばた》きをすれば、長い暗闇《くらやみ》が晴れていく。

部屋には光が差し、明るく世界を照らしていた。

視界は、ずっと傍《そば》にいてくれた少女の、少し癖《くせ》のある髪を映し出していた。

何度も見たような、だけどはじめて見る彼女を金の瞳《ひとみ》に映し、彼はかすかな笑みを浮《う》かべる。

それから一つ息を吐くと、静かな部屋に、いつものように穏《おだ》やかな声を落とした。

「今は泣いていてください。エレノアさんの心が晴れるまで」

指先に熱を感じたのは、少ししてからだ。

目元を覆う手の下、エレノアは熱い涙《なみだ》を浮かべ、声を殺してこらえ、こらえ――。

こらえきれずに一つ涙がこぼれたとき、ようやく重い荷物を下ろすように、声を上げて泣き出した。

エピローグ◆神様と聖女と新しい一日

神様の腕は優しかった。
大きくて、少しひやりと冷たくて、まるで包み込むように抱きしめてくれる腕の中。
私は子どものように声を上げて、泣いて、泣いて、泣いて――。

はっ！
と気が付いたときには、ベッドの中だった。
――えっと……？
目に映るのは、宿舎の自室とは違《ちが》う天井《てんじょう》だ。
窓から差し込む陽光は澄《す》んでいて、朝の空気を感じさせた。
「……？」
呆《ほう》けたまま、私は視線を天井から移動させる。
寝《ね》ぼけ眼《まなこ》で周囲をぐるりと見回せば、見慣れた光景が目に入った。
古びた壁、直したての窓、すすけた暖炉《だんろ》。狭《せま》い部屋には不釣《ふつ》り合いなほど豪華《ごうか》な家具。

いつも向かい合って朝食をとる、部屋の中央の丸テーブル。

――……神様の部屋？

無意識に身じろぎをすると、ベッドのやわらかな感触《かんしょく》が返ってくる。

宿舎備え付けの、硬《かた》いベッドではありえない。深く沈《しず》み込むようなやわらかさと、なめらかでふわりとしたシーツの手触《てざわ》りに、私はしばし瞬いた。

――……なんでベッドに？　私、床で泣いていたはずじゃ……。

覚えているのは、神様の部屋の床の感触だ。それに、床に座り込む私に触《ふ》れる、もちっとした神様の体。

必死で涙をこらえる私を、神様は穏やかな声で慰《なぐさ》めてくれた。そうするうちに、背に触れる神様の感触が、変わっていったような気がして――。

その先が、だけど思い出せなかった。いつの間に朝になっていたのだろう。どうやってベッドの上に移動したのだろう？

訝《いぶか》しさに首を傾《かし》げつつ、まずは起き上がろうとベッドに手をついたときだ。

――うん？

起き上がった拍子に、私の手がなにかに当たった。

ベッドのシーツや枕《まくら》ではない。もう少し硬くて、それでいてやわらかさもあるものだ。

そのうえどうやら、けっこう大きい。先ほどまでどうして気付かなかったのかと思うほどに、『なにか』はしっかりとした存在感でもって、私の横に長く伸《の》びている。

シーツにくるまり、ベッドに沈む『なにか』を、私は呆けた顔で見下ろした。

同じベッドの上、触れるほどの距離《きょり》で感じるのは、人肌《ひとはだ》めいたほのかな熱だ。シーツは規則正しく上下し、耳をすませばかすかに空気の揺《ゆ》れる音がする。

呼吸の合間に、ときおり不規則にぴくりと揺れるその仕草は、まるで身じろぎをする人間の……よう、な…………。

「……」

…………ええと。

――人間？

いやまさか。

そんな馬鹿《ばか》な。

だって、ここは神様の部屋である。ほとんど人の訪れない神殿《しんでん》の片隅である。それなのに、なんで私が他人とベッドで寝ているのだろう。それもこんな朝早く。夜の記憶《きおく》を失《な》くした状態で。

そんなはずはない。きっとシーツの丸まり方がそう見えるだけだ。

絶対に、そんなはずはないけど――。

「…………」

ちらっ。

と好奇心《こうきしん》に負けて『それ』を見た瞬間《しゅんかん》、私は危うく悲鳴を上げかけた。

声を出さずに済んだのは、奇跡《きせき》としか言いようがない。

——な。

私の手が触れた先。ベッドの上にいるのは——シーツにくるまる男の人だった。

明るい金の髪がこぼれ、閉じたまぶたの上に影《かげ》を落とす。

眠《ねむ》っているのだろう。穏やかな寝息《ねいき》を立てる横顔は、透《す》けるように白く——ぞくりとするほどに端整《たんせい》だった。

きれい、という言葉では到底《とうてい》表せない。男性の硬質《こうしつ》さと女性のやわらかさを併《あわ》せ持つ、男女双方《そうほう》の美しさを集めたような美貌《びぼう》は、いっそ、怖《こわ》いくらいだ。

恐《おそ》ろしいのに、目を離《はな》せない。視線を強引に奪《うば》うようなその顔から——しかし私は目を逸《そ》らす。

このとんでもない美貌も大変なことだけど、それよりももっと大変なことがある。

——な、な……。

私の視線は、彼の顔から——その下へ。

シーツに隠れた体を見つめ、私はぐっと喉《のど》を詰《つ》まらせた。

薄《うす》いシーツの下。少しめくれた隙間《すきま》から、しなやかな男の人の、剝《む》き出しの肩《かた》がのぞいている。

細いけれど軟弱《なんじゃく》ではなく、しっかりと筋肉のついていることがわかる——そのなめらかな『素肌《すはだ》』に、私は目を見開いた。

体つきまで美しい——なんて思う余裕《よゆう》は、あるはずがない。

だって、なんで……なんで……！

——なんで裸《はだか》の男の人が、私の隣《となり》で寝てるの⁉

内心で絶叫《ぜっきょう》すると、私は慌《あわ》てて男の人から距離を取る。

カサカサと虫のように這《は》って壁《かべ》に張り付くと、目の前の現実を受け入れられずにぶんぶんと首を振った。

——どういうこと⁉　というか誰《だれ》⁉　私、なにも覚えてないんだけど⁉

まさか、エリックに振られて自棄《やけ》になった？

いやいや！　さすがの私も、そこまで無節操なつもりはない。

だけど、裸の男の人とベッドにいるのは間違いなく——。

——あああああ！　神様ごめんなさいごめんなさい‼

いや、なんで神様に謝る⁉

べ、別に神様とはそういう関係ではなく——という問題ではなく！

なく！　——と混乱する頭で首を振りつつ、私は壁際《かべぎわ》でぐっと服の裾《すそ》を握《にぎ》りしめた。

それよりもこの男の人は誰なのか。勝手に入り込んだ不審者《ふしんしゃ》なのか。

そっちの方が重要に決まっている——って！

——服の裾、摑《つか》んでるわ！　服着てるじゃない！

混乱しきって収拾のつかない頭を振《ふ》ると、私は改めて自分の体を見下ろした。

見慣れた聖女服は、昨日着ていたものと同じだ。

少し寝乱れたような形跡《けいせき》はあるけれど、それ以外に不自然なところはない。

体自体もいつも通りで——よく噂《うわさ》に聞くような、痛みや疲労《ひろう》も感じられなかった。

——よ、よかった……。

どうやら何事もなかったらしいことに、心の底から安堵《あんど》する。へなへなと壁を背に座り込み、私はほっと脱力《だつりょく》するように息を吐《は》きだした。

——と、とりあえずベッドから降りなきゃ。

体に力は入らないけれど、いつまでも不審者とベッドに並んではいられない。ここは神様の部屋であり、神様のベッドなのだ。勝手に占拠《せんきょ》していては、神様に迷惑《めいわく》が掛《か》かってしまう。

——……そういえば神様は？　お姿が見えないけれど。

いったいどこにいるのだろう、と私は今さらながら神様の不在に気が付いた。

神様に会ったら、エリックのことで迷惑をかけた謝罪とお礼をしないといけない。いやいや、それ以前にまず不審者とベッドで寝ていることをどう説明したものか――。

そんなことを考えていたときだ。

不意に、ぎしりとベッドのきしむ音がした。

――えっ。

驚《おどろ》き、私は顔を上げる。目に映るのは、白いシーツの持ちあがる様子だ。

ベッドで眠っていたはずの男の人が、ゆっくりと体を起こしている。

「――ああ」

聞こえたのは、どこか呆《ほう》けたような――寝《ね》ぼけたような声だ。

うつぶせの姿勢で体を起こし、彼は一度小さく首を振る。

その動きで、体を隠《かく》すシーツが、彼の肩からするりと落ちた。

現れるのは、剝き出しの肩、細身だけれど、女性とは明らかに異なる腕《うで》。

よくよく見れば、剝き出しなのは肩から腕にかけてだけだ。薄い衣が、彼の流麗《りゅうれい》な体をきちんと覆《おお》っている。

だが、それを見て『良かった一安心』とはなるはずもない。息を止め凍《こお》り付く私の目の前で、彼は何気ない調子で顔を上げ――。

「起きていらっしゃったんですね」

私を見つめて、そう言った。

陽光よりもなお眩《まぶ》しい金の瞳《ひとみ》が、私を映して瞬《まばた》く。

「おはようございます。……その様子だと、元気になられたようですね」

穏《おだ》やかな声には聞き覚えがあった。

それはもう、何度も聞いた声だった。

私は呆然《ぼうぜん》と、寒気がするほどの美貌を見つめる。

「……」

……いや、まさか。

そんな馬鹿な。

ありえない。ありえないと思うのに――。

これまで見た神々の誰よりも冷たく、美しい彼の顔には、気の抜《ぬ》けるほどぽやぽやの、おっとりとした笑みが浮《う》かんでいるのだ。

「…………」

私は大きく息を吸い、そのまま吐きだす。

二度、三度と深呼吸を繰《く》り返したのち、意を決して――しかしおそるおそる、彼に尋《たず》ねた。

「…………神様？」

「はい」

私の問いに、彼はくすぐったそうに微笑《ほほえ》んだ。

そして、当たり前のように――どこか嬉《うれ》しそうに、こう続けた。

「なんでしょう、エレノアさん」

淡《あわ》い光差す部屋の中。

場違《ばちが》いなくらいにまぶしいその人――神様の姿に、私の呼吸が止まる。

口を引き結び、現実逃避《とうひ》するように目を閉じ、しばしの沈黙《ちんもく》。

それから。

昨日のエリックとのことなんて吹《ふ》き飛ぶほどの衝撃《しょうげき》の事態に、私は今度こそ、声の限りに叫《さけ》んだ。

「――えええええええええええええええ!?」

元婚約者エリックのその後

「――穢《けが》れが増えている？」

クラディール伯爵家《はくしやく》ともう一つの伯爵家の、ちょっとした話し合いの翌日。いつものように屋敷《やしき》を訪ねてきた神官たちの報告に、アマルダはぱちりと瞬いた。

「ロザリーさんの事件の他にも、穢れが出た話があるんです？　……なんだか大変ね。この国に穢れなんて」

ここは他国と違って、多くの神々に祝福された特別な国だ。

神に愛された地に、悪《あ》しき存在は生まれない。神の愛なき他国では穢れが定期的に発生するというが、国内で生み出されたという話はこれまで聞いたことがなかった。

だというのに、ロザリーの事件以外にも穢れが出ている。それも『増えている』というからには、一件や二件の話ではないのだろう。

「おかしなこともあるものね。いったい、どうしてしまったのかしら」

いつもの応接室の、いつもの窓際のソファに腰《こし》を掛け、アマルダは他人事《ひとごと》のように首を傾《かし》げた。

しかし、向かい合って座る神官たちの顔は神妙《しんみょう》だ。屋敷のメイドが出した紅茶にも口を付けず、眉根《まゆね》を寄せて息を吐く。

「わかりません。ですが、ロザリー・シャルトーの事件以降、神殿外《しんでん》でいくつか報告が上がっていたようです。最近では、この神殿内でも穢れを見たという者もいて……」

神官たちのアマルダに向ける視線には、親愛や気遣《きづか》いの色はあるものの、楽観的な様子はない。

どうやら今日の彼らは『アマルダに会いに来る口実としての報告』ではなく、本当の意味で『最高神の聖女』に報告をしに来たらしかった。

「王家は神々になにか異変が起きているのではないかと、神殿に探りを入れようとしています。……あの連中、神殿が神々の機嫌《きげん》を損ねるようなことをしたと疑っているのです。我々がなにか、神々へ不敬を働いたのではないかと！」

神官の一人が語尾《ごび》を荒《あら》らげれば、他の神官たちも追従《ついしょう》する。よほど王家とこじれていたのだろう。口々に発するのは怒《いか》りの声だ。

「不敬などあり得ん！　神々は我々の奉仕《ほうし》に満足していらっしゃる！　それを疑うなど、それこそ不敬ではないか！」

「だいたい、今の神殿には最高神の聖女であるアマルダ様がいらっしゃるのです！　神々は喜びこそすれ、機嫌を損ねるはずがないだろうに！」

「やつら、また神殿に言いがかりをつけようとしているだけです！　穢れにかこつけて、神殿の力を削《そ》ごうという魂胆《こんたん》なのです！」

王家と神殿は、同じ国にありながらも、基本は互《たが》いに不可侵《ふかしん》だ。

王家は神殿の影響《えいきょう》力を目障りと思い、神殿は王家の権力を厄介《やっかい》に思いつつ、しかしそれ以上は踏《ふ》み込めない。下手に踏み込めば国が二分され、泥沼《どろぬま》に陥《おちい》ることがわかりきっているからだ。

だからこそ、王家は常々神殿の隙《すき》を窺《うかが》っていた。言いがかりをつけるのに正当な理由を探り、どうにか神殿を弱体化させようとしているのだ――。

と、そんな意味合いのことを言い、神官は苛立《いらだ》たしげにテーブルを叩《たた》いた。

「もちろん、神殿は常に清廉潔白《せいれんけっぱく》です！　ですが、あいつらは手段を選びません！　もしも王家の連中が乗り込んできて、神殿の悪事をでっちあげでもすれば――最悪、神殿が傾《かたむ》きます！」

「そんな……」

アマルダはソファの上で身を縮め、小さく首を横に振《ふ》る。

話の半分くらいはわかっていないが、ひどい話だということは理解できていた。

要するに、王家が神殿を悪者にしようとしている、というのだ。

――ひどいわ。神々のために、みんな一生懸命頑張《いっしょうけんめいがんば》っているのに。それに神殿で悪いことをしたら、グランヴェリテ様がお許しにはならないわ。

あまりの理不尽《りふじん》に目を伏《ふ》せれば、神官たちはますます勢いづく。ソファから腰を浮かし、今にも立ち上がりかねない様子で声を張り上げた。

「その前に、今回の穢れの原因を見つけ出さねばなりません！　神殿や神々に間違《まちが》いなどあるはずがないのですから、必ずや他に発生源となるものがあるはずです！　……あるいはそれは、この神殿の中に忍《しの》び込んでいるかもしれません。そうでもなければ、神殿内に穢れが生まれた理由が説明できません！」

「まあ！　この神殿に、そんなものがあるなんて……！」

恐《おそ》ろしい、と口にするよりも先に、アマルダは少しだけ想像する。

穢れの発生源とは、いったいどんなものだろう。邪悪《じゃあく》な穢れを生み出すからには、きっとそれ以上の巨悪《きょあく》であるはずだ。

それも、この聖なる神殿にまで穢れを撒《ま》き散《ち》らすもの。となると、アマルダには想像もつかないほど醜悪《しゅうあく》な存在に違いない。

なにかの呪《のろ》いだろうか。国外から持ち込まれた邪法だろうか。あるいはよほど恨《うら》み深い人間だろうか。

もしも人間だとしたら――。

「……かわいそうだわ」

「は」

思わず呟《つぶや》いたアマルダの言葉に、誰《だれ》かが呆《ほう》けたような声を漏《も》らした。

その声の主へと、アマルダは視線を向ける。手は自然と握《にぎ》りあわされ、口からは深いため息が漏れていた。

「穢れを生み出さないといけないなんて、かわいそう。きっと心は恨みだらけなのね。そんな風に生まれついてしまうなんて」

哀《あわ》れだわ、と口にするアマルダの顔に、かすかな笑みが浮かぶ。

喜びのためではない。それは、憐憫《れんびん》の表情だ。

細められた青い目に、視線を向けられた神官は息を呑《の》む。

アマルダの瞳《ひとみ》は、神官を見ているようで見ていない。口元は笑みをかたどりながらも、どこか痛ましさが見える。微笑《ほほえ》んでいるのに苦しげで、握りあわされた手は、まるで祈《いの》るようだった。

その姿は、まさに聖女。

神官の目に映るのは、邪悪にさえも哀れみを向ける、慈悲《じひ》深《ぶか》き聖女の微笑だった。

「それなら、私が祈ってあげないと。最高神グランヴェリテ様の聖女として。それが、この国を支える一番の聖女としての責務だもの」

窓からは、明るい日の光が差し込む。

長い雨は上がったばかり。久しぶりに見せた陽光が、アマルダを背後から照らす。
美しい、と誰かが囁《ささや》いた。陽光を背に、吹き込《こ》む風に髪《かみ》をなびかせるアマルダは美しい。
恐ろしい穢れに目を伏せず、凛《りん》と前を見据《みす》えるアマルダは、この世のどんな人間よりも清く輝《かがや》かしい。

この場にいる人間の、誰もがそう思っていた。

そう思う人間しか、この部屋には招かれないのだ。

「さすがはアマルダ様。グランヴェリテ様に選ばれしお方です」

「アマルダ様がいれば、穢れなんて些細《ささい》なことでしょう。詳《くわ》しい方法は存じていませんが、聖女には穢れを祓《はら》う力もあると言われていますから」

「そうでなくとも、アマルダ様のために神々が力を尽《つ》くしましょう。神々は、あなたの傷つくようなことをなさるはずがありません。必ずや、その身もお心もお守りくださるに決まっています」

一人の言葉を皮切りに、アマルダに見惚《みと》れていた神官たちが、今度は競うように称賛《しょうさん》を口にしはじめた。

アマルダの美しさに感動しても、神官たちは彼女ほど純粋《じゅんすい》ではない。アマルダに見つめられた神官を妬《ねた》み、他の神官たちを疎《うと》み、少しでもアマルダの気を引こうと牽制《けんせい》しながら言葉を尽くしていく。

「――守るというと、そういえば」

その中で、ふと、誰かが意地の悪い声を上げた。

「今日は、あのお坊《ぼっ》ちゃまはいないんですね」

「お坊ちゃま？」

誰のことだろう、とアマルダは小首を傾げる。

アマルダの関心を引けた幸運な神官は、喜びと底意地の悪さを込めてニヤリと笑った。

「ほら、あの伯爵《はくしゃく》家の。昨日からずっと、騎士《きし》気取りであなたの傍《そば》に張り付いていたでしょう？　ずいぶんと仲が良さそうで、私たちなんかみんなやきもきしていたんですよ」

「仲が良さそうって……もう！　神官様ったら！」

からかいを含《ふく》んだ神官の声に、アマルダは慌《あわ》てて両手を振って否定する。

たしかに、昨日は伯爵家の令息と会った。エレノアの婚約者《こんやくしゃ》で、アマルダが悪役にされそうだからと、親切にも訪ねてきてくれた青年だ。いくらか言葉を交わしたから覚えている。

「そんなんじゃないのよ。私にはグランヴェリテ様がいらっしゃるのに、あの方、それでもいいってぐいぐい来るから」

だけど、顔はよく思い出せなかった。

だって二回会っただけの、今日には帰るような相手なのだ。

訪ねて来れば客人としてもてなすし、他の誰かと同じように話もする。あえて、遠ざけようとも思わないけれど――。

「――本当は、ちょっと困っていたのよ」

名前は、なんて言っただろうか。


どうして、とエリックは声にもならない声で叫《さけ》んだ。

どうして、こんなことになったんだ。

「化け物！　化け物化け物！　誰か……だ、誰か……!!」

木々が生《お》い茂《しげ》る道とも言えない道を、エリックは必死に走っていた。

息はすっかり上がっている。足はもつれて、ほとんど転がるようだった。それでもエリックは一人、木々の間を喘《あえ》ぎながら走り続ける。

周囲に人の姿はなかった。神殿《しんでん》内でもあまり人の通らない場所なのだろう。人の声も気配も、人影《ひとかげ》さえも見えない。

だけど、『影』はある。

エリックの背後から、ねとねとと粘《ねば》ついた音を立てながら、冷たい影のような『なにか』が追いかけてくる。

「やめろ……来るな……！　どうして僕が……!!」

声一つ立てず、淡々《たんたん》とにじり寄る影を背に、エリックはかすれた悲鳴を上げた。

無能神の小屋を飛び出したのはつい先刻。恐怖《きょうふ》に走り続ける彼を、粘つく『なにか』が追ってくる気配に気が付いたのは、それからすぐのことだった。

恐ろしいものであることは、本能が理解していた。振り返ってはいけない。捕《つか》まってはいけない。逃《に》げなければいけないもの。

彼は本能に従って、無我夢中で逃げ続けた。不慣れな神殿で、助けを求めて人を探していられたのは、だけどほんの最初のうちだけだ。

背後の影は、エリックを追い詰《つ》めるように、どんどん人影のない場所へと追い立てた。次第に深くなっていく木々に、エリックはもう自分の居場所もわからない。自分がどこに向かっているのか――あるいは、影がどこへ向かわせようとしているのか。立ち止まって周囲を確認する余裕《よゆう》も、いつしかなくなっていた。

そうして今。影はもう、すぐ背後に迫《せま》っている。

――化け物……！

背後の存在は、今や振《ふ》り返らずとも視界の端《はし》に映っていた。

見たくもないのに見えるそれは、化け物としか言いようがない。真っ黒な体。不規則に蠢《うごめ》く輪郭《りんかく》。大きさはエリックと同じくらい。縦に細く長く伸《の》び、エリックへと粘つく手を伸ばすさまは、まるで出来損ないの人間だった。

「なんで……なんで僕を狙《ねら》うんだ！　ぼ、僕がなにをしたって言うんだ‼」

化け物の手は、今にもエリックに触《ふ》れかねない。ねとりと粘つく手がすぐ傍をかすめるたび、エリックは声を上げずにはいられなかった。

叫びながら考えるのは、どうしてこんなことになったのか、ということだ。

彼はただ、無能神の小屋へ出向いただけ。小屋に入った時点では、妙《みょう》なものはいなかった。となると――。

「ま、まさか、あいつが！　無能神がやったのか⁉　僕がノアを責めたから……⁉」

その報復として――天罰《てんばつ》として、あの化け物を遣《つか》わしたのだろうか。

そう考えると、背後の化け物と無能神は似ている気がする。同じ底なしの黒い色、同じ不定形。無能神は人の形をしておらず、粘ついている様子もないが、ぞっとするほどの不気味さは変わらない。

『誰《だれ》に罰を与《あた》えるかは、私が決めることです。――エリックさん』

最後に聞いた無能神の冷たい声を思い出し、エリックの肌《はだ》が粟立《あわだ》った。

「や、八つ当たりだ！　理不尽《りふじん》だ！　僕は悪くない！　悪いのはノアで、僕はアマルダのためにやったんだ‼」

エリックは、あの無垢《むく》で心優しい少女を守ろうとしただけ。悪いのは、アマルダの純真さに付けこみ、無能神を押し付けようとしたエレノアの方だ。

『本当は、ちょっと困っていたの』

内緒話《ないしょばなし》のようにひっそりと、アマルダが告げた言葉が頭をよぎる。

大人しくて、人が良くて、迷惑《めいわく》に思ってもなかなか言い出せない。優しすぎるくらい優しい彼女を、エリックは守らなければならなかった。

だってエリックだけに、アマルダは本心を打ち明けてくれたのだ。

アマルダはエリックを頼《たよ》り、他の人間たちを迷惑と言っているのだから。

「アマルダのためだ！　僕はアマルダを守ったんだ！　僕だけが、アマルダを――」

己《おのれ》を鼓舞《こぶ》するように、大きく張り上げた声は、しかし途中《とちゅう》で呑《の》み込まれた。

化け物に追い立てられ、走り続けた先。ようやく生い茂る木々が途切れ、明るい光が差すのが見えたからだ。

――いや。

光が見えたからではない。

エリックが口を閉ざしたのは、光のさらに先に、見覚えのある姿を見つけたからだ。

たどり着いたのは、神殿内で最も大きな屋敷《やしき》。神殿に不慣れなエリックでも一目でわかる、グランヴェリテの屋敷の裏手だった。

エリックの視界には、屋敷の裏庭と、裏庭に面した大きな窓が見える。日差しをいっぱいに受けた明るい窓辺には、談笑する数人の影があった。

「――今日は、あのお坊ちゃまはいないんですね」

にたにたと笑いを含んだ声に、エリックの足は止まっていた。背後に化け物がいることも忘れ、立ち尽くす彼が目にしたのは、彼女が『困っていた』はずの若い神官の姿だ。

彼の言葉を受けるのは――窓に背を向けた後ろ姿でも、よくわかる。

風に流れる亜麻色《あまいろ》の髪《かみ》。守りたくなる、小柄《こがら》で華奢《きやしゃ》な体。飾《かざ》りけのない聖女服に、化粧《けしよう》気《け》がなくとも愛らしい顔立ち。

窓に差す光を浴びて、アマルダが無垢な笑顔を神官に向けている。

「もう、神官様ったら、そんなんじゃないのよ」

アマルダの声は、大きくもないのによく響《ひび》いた。鈴《すず》を転がすように愛らしい声が、裏庭を挟《はさ》んだエリックの許《もと》まではっきりと届く。

背後で、ねちねちと蠢く音は耳に届かない。伯爵家のお坊ちゃま――自分のことを話題に上げて、神官と笑い合うアマルダのこと以外、今のエリックの頭には入らなかった。

「私にはグランヴェリテ様がいらっしゃるのに、あの方、それでもいいってぐいぐい来るから」

エリックの視線には気が付かず、アマルダは笑いながら話し続ける。

いつか、エリックに向けたような、相手にだけ心を許したような笑みで。

「――本当は、ちょっと困っていたのよ」

――あ………。

その言葉を聞いた瞬間《しゅんかん》、よろめくようにエリックは足を引いていた。

陽光差す裏庭から、木々の影の中へと下がるエリックの影が、重たげに淀《よど》む。足元は奇妙に粘ついていて、指先の感覚が薄《うす》れていく。

どろり、指を伝うものがなんであるか、エリックにはわからなかった。

――どうして。

ただ、思考だけが黒く染まる。闇《やみ》よりも深い暗闇が、エリックの頭を埋《う》め尽《つ》くす。

指を伝い、なにかが滴《した》り落ち続けていた。どろり、どろりと、足元の影が深くなる。

――どうして、アマルダ。僕が、僕だけが……。

「あまるだ、さ、ま、わたしだけが」

エリックの思考に呼応するように、背後の化け物が音を放った。

それが、かつてアマルダを取り巻いていた神官と、同じ声音をしていることを、エリックは知らない。

そしておそらく、彼が知ることは永遠にないだろう。

「わたし、だけ、の、はずだったのに………」

かすれた音を放ちながら、背後の化け物は曖昧《あいまい》な輪郭を崩《くず》し、大きく伸びあがり――。

エリックからにじみだした穢《けが》れごと、ぱちゅんと彼を呑みこんだ。

まるで、同化するかのように。


「どうされましたか、アマルダ様？」

不意に背後の窓を振り返ったアマルダに、談笑していた神官が問いかけた。

アマルダは「いえ」と答えて、少しだけ首を傾《かし》げる。

「なにか、物音がしたような気がしたの。でも、気のせいだったみたい」

窓の外には、明るい日の差す裏庭と、裏庭を囲う木立の他になにも見えない。

風にさやさやと揺《ゆ》れ、蠢く木立の影《かげ》を眺《なが》めてから、アマルダは首を振った。

「風の音かなにかだったのね。ごめんなさい、ちょっと気になっちゃっただけ」

「きっと風の精霊《せいれい》あたりが、アマルダ様の関心を引きたかったのでしょう。精霊の心まで奪《うば》うなんて、妬《や》けてしまいますな」

冗談《じょうだん》でもなさそうな神官の言葉に、アマルダはくすくすと笑う。

「…………？」

いつも通りの、平和で愛すべき神殿《しんでん》の午後の光景だった。

きっと明日もこんな日が続いていく。穢れの問題も、きっとじきに解決するだろう。神々に守られたこの国で、最高神グランヴェリテに愛された聖女がいる限り、なにも憂《うれ》えることはないのだから。

ささやかな日々の幸せを噛み締《し》め、アマルダは満ち足りた気持ちで窓際のソファに体を預けた。

その、背後。

木々の影に紛《まぎ》れて、暗い影が蠢《うごめ》く。

闇よりもなお深く、奇妙《きみょう》に粘《ねば》つくその影が――吸い込まれるように屋敷の中へ消えて行ったことに、アマルダは気が付かなかった。

番外編◆『欲しいもの』の変化

姉の手紙を受け取ってから、はや半月。

エリックとの話し合いまでは、あと一か月。神殿に部屋を借りるための申請《しんせい》を出し、神様にも丸一日休暇《きゅうか》をいただいた。

エリックを追い詰《つ》める準備は、着々と整ってきていた。あちらこちらに手回しをし、父やセルヴァン伯爵も味方につけ、もうエリックの命も風前の灯火《ともしび》。このまま行けば、きっと話し合いは私の有利に終わるだろう。

そうなると、当然ながら私は神殿を出ることになる。聖女の役目は降り、その後のことは神殿任せだ。

それじゃあ神様はどうするのだ、とはもちろん思う。未《いま》だ雨漏《あまも》りのするあの部屋はとか、隙間風《すきまかぜ》や日当たりの悪さとか、食事もろくにもらえないことだとか、悩《なや》ましいことは山ほどある。

あるけれど。

——こうなった以上、仕方ないじゃない!!

なってしまったものは、なってしまったのだ。

まさかここでためらって、エリックの思い通りにさせるなんてとんでもない。泣き寝入《ねい》りなんて、絶対にしてたまるものか。

だったらもう、『こう』する他にないのである。


安物のドレスの腕《うで》をまくり、両手でモップを握《にぎ》りしめ、私は大きく息を吸い込んだ。

「うぉおおおりゃあああああああああああああ!!」

時刻は夜。神様のお世話を終え、やってきたのは神殿の食堂。

すでに食事の提供を終え、撤収《てっしゅう》に入る食堂担当の神官を横目に、私は汚《よご》れた床《ゆか》に猛烈《もうれつ》な勢いでモップをかけていた。

神殿の食堂の利用者は多くない。基本的に、神々への食事は神官が直接部屋へと運んでくれるし、聖女は運ばれた食事を仕える神とともに摂《と》るものだからだ——とは言うものの、それでも大所帯の神殿。基本から漏《も》れた者もそれなりにいるし、食事のためではなくとも、時間つぶしや待ち合わせに使う神官や聖女は少なくない。

要するに、夜ともなるとけっこう汚れているのである。日中もそれなりに掃除《そうじ》はしているのだろうが、テーブルや椅子《いす》の下、部屋の隅《すみ》や人の多いところはそう簡単に掃除ができない。足跡《あしあと》や汚れがあちこちに残されていて、白いモップがあっという間に黒くなる。

く。

――まあ、最初の神様の部屋よりはずっとましだけどね！

何度掃除をしても、神様自身が生み出す穢れに悩まされていたことを思えば、洗えば洗うだけきれいになる食堂など楽なもの。黒いモップを洗い洗い、私は食堂の床を磨《みが》いていく。


「悪いな、クラディール、掃除を手伝ってもらって」

声をかけてきたのは、厨房《ちゅうぼう》内で片付けをしていた神官だ。厨房の方はもうあらかた終わったのだろう。布巾《ふきん》で手を拭《ふ》きながら、神官が食堂の方へと出てくる。

「ちょうど人手が足りなかったんだ。いつもなら若い神官連中に頼《たの》んでいるんだが……あいつら、最近はみんなグランヴェリテ様のお屋敷《やしき》に行きたがるからな」

「いいのよ、別に」

私は掃除の手を止めないまま、声の主へと視線を向ける。食堂担当の神官といえば、神様にカビパンしか用意しない恨《うら》み深い相手。しかし今は恨みも忘れ、私は声の主に笑みを向けた。

にこり、という可愛《かわい》らしい笑みではない。ニヤリとした、我ながら怪《あや》しい笑みである。

「タダで掃除しているわけじゃないもの。……忘れてないわよね？」

「ああ……もちろんだ」

すでにほとんどの燭台《しょくだい》の火を消した食堂内。厨房内の最後の明かりを吹《ふ》き消して、食堂担当の神官もまた影の中で笑った。

翌早朝。まだ日も明けきらぬ宿舎。

冷たい小雨が打つ音を聞きながら、私は滅多《めった》に人の入らない薄暗《うすぐら》い倉庫で、再び同じ笑みを浮《う》かべていた。

「ええ、ええ、わかっていますわよ、クラディールさん。あなたが私になにをしてほしいか」

傍《かたわ》らでは、宿舎の管理を担う細身の女性が苦い顔で肩《かた》を竦《すく》める。

見下ろすのは、私の手の中にあるものだ。ギラリと光る鎌《かま》を見て、管理人は少し恐《おそ》れるように足を引いた。

「そんなものを手にして。あなたも一応は、貴族のご令嬢《れいじょう》でしょうに」

「貴族の令嬢でも、必要ならこのくらいやれるものよ」

令嬢には相応《ふさわ》しくない鎌を握りしめ、私は管理人を見上げてニヤリと口角を持ち上げる。

「それに、頼んできたのはそっちでしょう。私の頼みを聞く代わりに、手伝ってくれって」

「それはそうですけどね」

私の言葉に、管理人は息を吐《は》く。それから、貴族令嬢の私よりもよほど上品な仕草で頬《ほお》に手を当てて、彼女は静かにこう続けた。

「草刈《くさか》りをしてくれるのはありがたいけれどねえ。貴族令嬢が、仮にも聖女が、アルバイトだなんて……」

その結果がこれである。

「……エレノアさん」

神殿の片隅。木々に囲まれた小さな一室。

普段《ふだん》は日当たりの悪いその部屋で、彼は困り果てていた。

「エレノアさん、起きませんか」

呼びかけても返事はない。代わりに聞こえるのは、すうすうというかすかな寝息《ねいき》だ。

それだけなら別に構わない。最近のエレノアは忙《いそが》しく、疲《つか》れているのは見ていてもわかった。ベッドで少し休まないか、と提案したのは、そもそも彼の方からである。

エレノアは恐縮《きょうしゅく》しつつも、ベッドに横になるとすぐに眠《ねむ》りに落ちた。無防備に寝顔を見せるエレノアに、なんとなくほっとした――のも、別に良い。

なんだか以前にもこんなことがあったな、などと思ったのが悪かったのだろう。懐《なつ》かしさに、少し寝顔を覗《のぞ》こうとベッドへ体を伸《の》ばした途端《とたん》にこの通り。

エレノアの手が、良い枕《まくら》を見つけたとでも言いたげに伸びてきて、そのままぐっと抱《かか》え込まれたきり。彼は身動きを取ることができずに凍《こお》り付いていた。

――……困った。

エレノアの腕の中で、彼は体を硬《かた》くする。下手に動けば起こしてしまいそうで、しかしこのままでいるのも気が気ではない。なんとか穏便《おんびん》にエレノアを起こせないかと呼び掛《か》けるが、どうやらそれも難しそうだ。

にっちもさっちもいかず、彼は仰《あお》ぐように天井《てんじょう》を見る。見ると言っても目があるわけではもちろんないが、それでも彼の心は天井を見つめていた。

ぽつぽつと聞こえるのは、屋根を打つ雨の音だ。ここしばらくは天気が優れず、たまに晴れたと思えばすぐに雨が降る。今日もまた、朝から雨が降っていた。

だが、雨漏りはしていない。雨が打つのは屋根だけであり、雨のしずくは部屋にしみ込むことなく、屋根を伝って外へと流れ落ちていた。

この屋根は、つい数日前にエレノアが連れてきた業者が直した。業者を雇《やと》ったのは、宿舎の管理人だという。

体をひねり、テーブルへと無い目を向ける。テーブルの上にあるのは、『無能神』のために用意された、以前より少しだけまともになった食事だ。

窓を見れば、腐《くさ》った窓枠《まどわく》が交換《こうかん》され、真新しい木の匂《にお》いがする。割れた窓硝子《まどガラス》も新しくなり、外に降る雨の様子を映していた。

そのさらに向こう。窓辺に影《かげ》を落とす木々が伐採《ばっさい》されたのは昨日のことだ。

建付けの悪い扉《とびら》は直された。壁《かべ》の隙間《すきま》は埋《う》められ、隙間風が吹くこともももうない。

エレノアが、休みが欲しいと申し出てからひと月弱。この短い間に、ボロボロだった小屋は見違《みちが》えるほど住みやすくなった。

——どれだけ無茶をしたのだろう。

部屋からエレノアに視線を戻《もど》し、彼は少しだけ身じろぎをする。

エレノアは『人に頼んで直してもらった』としか言わないが、ただ頼んだだけではないことは彼にもわかっている。こうして起きる気配もなく眠りこけるほど、神殿《しんでん》を走り回っていたのだろう。

だけど、エレノアがその苦労を口にすることはない。いつものように部屋へきて、いつものように『神様！』と明るい声を上げるだけだ。

『神様！　雨漏《あまも》りが直りますよ！』

『神様！　これで隙間風も吹かなくなります！』

『神様！　やっと部屋が明るくなるんですね！』

明るい声に、嬉《うれ》しそうな笑み。部屋が整っていくことを、素直に喜ぶ姿。

どうしてなにも言わないのかも、わかっていた。

部屋を整えることは、彼女にとっての心の清算なのだ。

神殿を去る前に、少しでも後悔《こうかい》を残さないようにという自己満足。

『私が神様に美味《おい》しいものを食べてほしいんですよ』

かつて、彼女が告げた言葉と同じ。これは、彼のためですらない。エレノア自身を満たすための行為《こうい》だ。

せめて、なにかできることをしようと、なにもせずにはいられないと、もがくような贖《しょく》罪《ざい》をしているにすぎなかった。

――そんなもの……。

いらないのに、と思う自分が不思議だった。贖罪なんてしなくてもいい。与《あた》えようとしなくていい。もどかしいような気持ちで、彼は静かにうなだれる。

黙《だま》っていてほしくなかった。笑みも明るい声も、かえって胸が痛む気がした。この感情の由来がわからなかった。

胸の中で、ぐるりと感情が渦《うず》を巻く。絡《から》みついた感情は整理がつかず、エレノアの腕《うで》の中で持て余すばかりだ。

以前は、こんな感情はなかったはずだ。ほんの二か月前。同じようにこの部屋で眠り、同じように身動きが取れなかったとき、彼はもっと穏《おだ》やかに彼女を見つめられていた。

だけど今は、まるで違《ちが》う。なにもかもが変わってしまったような心地《ここち》だ。

諦念《ていねん》は踏《ふ》み荒《あ》らされた。静寂《せいじゃく》は破られた。そうして今度は、高潔だった神の魂《たましい》が歪《ゆが》んでいく。

どれほどの穢《けが》れを負っても侵《おか》されない、最も清廉《せいれん》なる神の心に影が落ちる。

まるで――抱えた穢れの重みに、今さら気が付いたように。

いつの間にか、天井から響《ひび》く雨の音は消えていた。

薄曇《うすぐも》りの空から陽光が差し、部屋をわずかに明るく照らす。

窓から差す光を背に、彼はそっとエレノアの腕をよけた。

それからベッドの横に膝《ひざ》をつき、畏《おそ》れるように彼女の髪《かみ》を手で撫《な》でる。

眠る彼女を、引き留めたいと思っているのだろうか。どうして引き留めたいと思っているのだろうか。

それすらも、わからないままに。

――心の清算なんて、しなければいいのに。

知らず心に浮かんだその感情は、まるきり人間めいていた。

あとがき

本作をお手に取ってくださりありがとうございます。作者の赤村咲《あかむらさき》と申します。

こうして二巻の挨拶《あいさつ》ができるのは、一巻をお手に取ってくださった皆様《みなさま》のおかげです。繰《く》り返しになりますが、本当にありがとうございます。エレノアたちの続きを本の形で出すことができてとても嬉《うれ》しいです！

二巻は、『カクヨム』連載《れんさい》上の4章に当たるお話になります。『カクヨム』版の4章は五万文字程度と一冊の本にするには短い長さでしたが、エレノア・神様ともに大きく心情が変化するこの章をどうしても書籍《しょせき》上の山場にしたく、大幅《おおはば》に加筆することにしました。

終盤《しゅうばん》の展開を変えないまま、不自然にならないよう加筆するのは想像以上に難しいことでした。初稿《しょこう》では大いに迷走し、編集様の『待った』で二稿から大きく方向転換《てんかん》。加筆の内容を固めてからも、迷走したぶんだけ改稿期間が窮屈《きゅうくつ》になったため、初稿以降はほとんど頭を休める間もなく書き続けていました。

おかげで何度も心がめげそうになりましたが、『ここまで苦労したからには最高傑作《けっさく》にしないと報われないぞ……！』という気持ちで、どうにか作者として納得のできる一冊に仕上げることができたと思います。

ですので、どうか読者の皆様にとってこの二巻が、作者の苦労など見えない『面白かった！』で終わる話になっていることを祈《いの》ります。神様の人外らしさ、明るいエレノアの心の裏、変わっていく二人の関係を楽しんでいただけましたら幸いです。

また、この本に関わってくださった方々にお礼を申し上げます。

一巻及び二巻の途中まで担当してくださった編集のI様、これまでありがとうございました。二巻が今の形になったのはI様のおかげです。新たに担当となった編集のS様、締《し》め切りの件では非常にご迷惑《めいわく》をおかけしました。これからは優良作家を目指しますので、どうぞよろしくお願いします。

二巻でもイラストを担当してくださった春野《はるの》様、届くイラストを拝見するたびモチベーションが上がっています。いつも素敵なイラストをありがとうございます。

ウェブから応援《おうえん》くださる読者の皆様、書籍から興味を持ってくださった皆様。読んでくださりありがとうございます。編集部あてにお手紙を送ってくださった読者様、一通のお手紙が本当に本当に嬉しかったです。ありがとうございます！

最後に、この二巻が皆様の期待に応《こた》えられる一冊になっていることを、心より願います。

赤村咲

「聖女様に醜い神様との結婚を押し付けられました2」の感想をお寄せください。
おたよりのあて先
〒102-8177　東京都千代田区富士見2-13-3
株式会社KADOKAWA　角川ビーンズ文庫編集部気付
「赤村　咲」先生・「春野薫久」先生
また、編集部へのご意見ご希望は、同じ住所で「ビーンズ文庫編集部」
までお寄せください。

聖女様《せいじよさま》に醜《みにく》い神様《かみさま》との結婚《けつこん》を押《お》し付《つ》けられました2

赤村《あかむら》　咲《さき》

角川ビーンズ文庫　23400

令和4年11月1日　初版発行
令和5年10月5日　再版発行

発行者――山下直久
発　行――株式会社KADOKAWA
〒102-8177　東京都千代田区富士見2-13-3
電話 0570-002-301（ナビダイヤル）
印刷所――株式会社KADOKAWA
製本所――株式会社KADOKAWA
装幀者――micro fish

●お問い合わせ
https://www.kadokawa.co.jp/ （「お問い合わせ」へお進みください）
※内容によっては、お答えできない場合があります。
※サポートは日本国内のみとさせていただきます。
※Japanese text only

ISBN978-4-04-113122-0 C0193 定価はカバーに表示してあります。　◆◇◇

元魔王の
転生令嬢は
世界征服よりも
恋がしたい
著／麻木琴加《まきことか》
イラスト／iyutani《イユタニ》
人間として普通の恋がしたいのに！
元魔王と元配下の立場逆転ラブコメ！

角川ビーンズ小説大賞
原稿募集中!
君の"物語"がここから始まる!
角川ビーンズ小説大賞がパワーアップ!
https://beans.kadokawa.co.jp
詳細は公式サイトでチェック!!!
【一般部門】&【WEBテーマ部門】
賞金 大賞100万円
優秀賞30万円
他副賞
締切 3月31日
発表 9月発表(予定)
イラスト/紫 真依